찻잔 뒤집기

트리플

찻잔 뒤집기

**성수나
연작소설**

차례

007 재미있는 도자기
049 하얀 돌
079 **찻잔 뒤집기**

123 에세이 　조각조각
139 해설 　뒤집기, 부수기, 선 넘기 — 소유정

재미있는 도자기

나는 아직도 강희를 처음 봤을 때를 기억한다. 십 년이 더 된 일임에도, 일상을 지내는 동안 그날을 자주 돌이켜보았다.

나는 중학생 때 교문 근처에서 입시 학원 관계자가 호객용으로 나눠주던 공책을 거절하지 않고 꼭 받았다. 교문을 몇 번이나 다시 드나들면서 처음인 것처럼 공책을 챙겼고, 그러다 들키면 학원에 관심이 있는 듯 질문을 했다. 학원에서 무엇을 가르치는지, 어디에 있는지, 생긴 지 얼마나 됐는지, 선생은 몇 명인지, 중학교 전문반이 따로 있는지, 친구를 데려가면 등록비를 깎아주는지, 마치 학원을 다닐 것처럼 굴었다. 학원 관계자가 적극적으로 내 이름과 학년, 핸드폰 번호를 물으면 나는 늘 다른 사람의 이름과 번호를 넘겼다. 대체로 그 당시 내가 싫어했던 선생이나 아이의 정보를 건넸다. 한번은 체대 입시 학원에 담임의 연락처와 이름을 넘기고 공책 네 권과 스포츠 양말을 받았다. 집에는 내가 각각 다른 이름으로 받아 온 잡동사니들이 쌓여갔다. 그럼에도 나는 그것들을 절대 사용하지 않았다.

    대체 왜 그랬지? 시간이 지나고 그때가 떠오를 때마다 나는 나에게 물었다. 사춘기에 으레 느끼는 반항심이나 충동 때문이었으리라고 짐작했지만, 그때 내겐 그 이상의 무언가가 있었다. 내 것인 척 타인의 이름을 말하며 느꼈던 이상한 해방감. 스스로에게서 벗어나 다른 사람이 된 것 같은 생경한 감각. 그건 그 누구보다 내가 가장 잘 알았다. 평소 어디에서든 조용한 편이었던 나는 교문 앞에서 학원 관계자와 이야기할 때만큼은 끊임없이 말을 쏟아냈다. 전부 거짓말이었기에 무슨 말이든 할 수 있었고, 누구든 될 수 있었다. 그때부터였을지도 모른다. 그 무한한 가능성에 계속 끌리기 시작한 것이.

열다섯 살 가을, 나는 또다시 교문 앞에서 거짓된 이름으로 노트와 연필을 받았다. 평소와 다르게 그날 나는 연필에 관심이 쏠려 있었다. 살펴보니 미술용 4B 연필이었다. 새카맣고 매끄러운 몸체에 금박의 스펠링이 음각되어 있었다. 손으로 문지르면 글씨가 하나하나 만져졌다.

하나 뽑아봐.

내 시야로 플라스틱 뽑기 통이 불쑥 끼어들었다. 입시 미술 학원 이름이 새겨진 바람막이를 입은 여자가 뽑기 통을 내밀고 있었다. 나는 여자와 통을 번갈아 보다가 오른손을 통 안에 천천히 넣었다. 작은 종이쪽지들이 손가락에 닿았다. 그 순간 마치 미지의 가능성들이 손안에 들어왔다가 나가는 기분이 들었다. 나는 한참 쪽지를 골랐다. 여자는 내가 알려준 가짜 이름을 부르면서 과하게 신중하다며 웃었다. 그 소리에 나와 같은 교복을 입고 앞서 걷던 아이들이 돌아보았고, 그중에는 아는 얼굴도 있었다. 나는 고개를 숙인 채 쪽지를 하나 꺼냈다.

일등은 우리 미술 학원 5회 무료 체험권이야.

종이 안쪽에 쓰인 글씨가 살짝 비쳐 보였지만

정확히 알아볼 수 없었다. 쪽지를 펼치자 여자가 내 어깨를 흔들며 웃었다. 가짜 이름으로 얻은 처음이자 마지막 일등이었다.

다음 날부터 일주일에 한 번씩 미술 학원에 갔다. 다행히 학원에는 나와 같은 학년인 아이가 한 명도 없었다. 몇 명 있던 선배들은 내게 전혀 관심이 없었다. 그들은 입시생이라는 정체성에 완전히 중독된 듯 보였다. 대입 외에 그 어떤 것도 관심이 없어 보였다. 그게 우스웠지만 한편으론 부러웠다. 오로지 자신의 미래에만 몰두할 수 있다는 게 그랬다. 나는 선배들의 이름을 기억해두었다.

첫날에는 연필 잡는 법과 원 그리는 법을 배웠다. 선생이 알려주는 대로 오른손에 연필을 쥐었으나 영 불편하고 어색했다. 꼭 나뭇가지를 쥔 모양새였다. 내가 연필을 몇 번 떨어뜨리자, 선생이 곁으로 와서는 내 오른손을 불쑥 쥐고 유심히 들여다보았다. 그러고는 큰 소리로 웃음을 터뜨렸다.

너 대학 갈 마음 없지? 굳은살이 하나도 없는 게 공부도 예체능도 아무것도 안 하는 손이네.

그 말에 아이들이 피식거렸다. 선생의 손은 뿌

리치기엔 그의 악력이 무척 셌다. 선생은 내 손을 억지로 뒤집더니 이렇게 덧붙였다.

그나마 손금은 괜찮네. 넌 주변 사람만 잘 만나면 어떻게든 먹고살겠다.

선생은 내 손에 연필을 다시 쥐게 한 뒤 제 손을 포개서 종이 위로 연필을 그었다. 삭삭 연필 긋는 소리와 함께 정사각형이 그려졌다. 하나의 정사각형은 네 개로 쪼개졌고, 선생이 그 안에 원을 그려보라고 말했다. 나는 자유로워진 손목을 일부러 보란 듯이 털었다.

나는 한 주가 지나서야 원을 완성했다. 선생은 내 그림을 보고서 종이를 뒤집어 다시 그리라고 지시했다. 나는 선생을 노려보다가 정사각형을 재차 그렸다. 그림을 완성하고 나면 선생은 기다렸다는 듯 다시 그리라며 새 종이를 건넸다. 의도를 알아챈 건 새 종이를 네 번째 받았을 때였다. 애초에 선생은 내게 그림을 가르칠 생각이 없었다. 무료 체험이 끝나면 내가 이 학원에 등록하지 않을 거라는 걸 알고 있었다. 나는 셋째 주부터 더 이상 원을 그리지 않았다. 빈 종이를 앞에 두고 가만히 앉아 있었다. 선생은 아무 말도 하지 않았다. 내가 학원에 더 이상 나오지 않기를 바라는 것 같았기에 나는 꼬박꼬박 학원에 갔다. 아무도 내 옆에 앉지 않았지만, 빈 종이 앞에 앉아 있는 나를 모두가 주시했다. 아이들이 수군거리는 소리가 들리면 나는 연필을 깎았다. 이젠 몽당연필이 된 4B 연필을 아주 뾰족하게 깎았다. 선생이 박수를 치며 내 곁을 지나갔다.

여기가 그렇게 싫으면 안 오면 되잖아.

누군가 뒤에서 중얼거렸고 나는 빈 종이를 노려보며 속으로 대꾸했다. 어쩌라고. 처음 거머쥔 일등을 이런 식으로 빼앗기고 싶지 않았다. 그러는 사이 나와 같은 수법으로 호객당한 다른 학교 아이들이 학원에 찾아왔다. 나처럼 추첨에서 일등에 당첨되어 찾아온 아이도 있었지만 그들 모두 학원에 한두 번밖에 나오지 않았다.

여태껏 비어 있던 내 옆자리에 다른 학교의 여자애가 앉았다. 앞치마에 '이강희'라는 이름이 쓰여 있었다. 내게 쏠렸던 관심은 자연스레 강희에게로 옮겨갔다. 강희가 그림을 그리기 시작하면 선생과 아이들이 그 뒤에 빙 둘러서서 구경했다. 강희의 원은 완벽했다. 각진 데가 없었고 음영도 완벽하여 금방이라도 굴러갈 것처럼 입체적이었다. 선생은 강의실 한가운데 이젤을

놓고, 강희의 그림을 전시했다.

이대로만 그려.

선생이 말하자 아이들은 강희의 그림을 노려보며 똑같이 따라 그렸다. 강희가 왼손잡이라는 이유로 왼손으로 그림을 그리려는 아이들도 있었다. 나는 그게 좀 웃겼다. 이미 누군가 그린 그림을 똑같이 따라 그리면 그건 이제 뭐가 되는 거지? 하지만 선생이 가르치려는 게 바로 그거였다. 완벽한 그림을 똑같이 따라 그리는 법. 나는 새삼스러운 눈으로 강의실을 둘러보았다. 눈을 부릅뜨고 강희의 그림을 베껴 그리는 아이들과 그 주변을 유령처럼 배회하는 선생 그리고 마치 모두를 감시하듯 여기저기 놓인 석고상들. 여기서 배울 수 있는 건 아무것도 없었다. 그러니 가르칠 수 있는 것도 당연히 없었다. 선생은 그저 '선생'이라는 허수아비가 필요해서 여기 있을 뿐이었다. 불쌍한 사람.

나는 선생을 향해 활짝 웃어 보이며 연필을 쥐었다. 그리고 천천히 빈 종이에 원을 그리기 시작했다. 정사각형 따위는 그리지도 않았다. 애초에 원을 그리는 데 왜 사각형으로 시작해야 하는지 이해할 수가 없었다. 나는 나만의 방식으로 원을 그려나갔다. 물론 결과

물은 형편없었다. 손을 대면 댈수록 원은 이상해졌다. 원이라기보다는 완만한 다각형에 가까웠고, 빛과 그림자의 방향도 제각각이라 입체감도 없었다. 그럼에도 나는 뭔가가 해소되는 감각을 느꼈다. 이제는 이곳을 나가도 될 것 같았다. 나는 팔을 위로 쭉 뻗으며 기지개를 켰다. 그러다 옆자리에 앉은 강희와 눈이 마주쳤다. 강희는 홀린 사람처럼 나의 원을 보고 있었다. 그러고는 나를 보고 웃었다. 아주 해맑고 밝은 미소였다. 그 순간 나는 빛의 방향을 또렷이 알 것 같았다.

네 그림, 재밌다.

강희가 작은 목소리로 말했다. 나는 기지개를 켜던 자세 그대로 어정쩡하게 굳은 채 아무 말도 하지 못했다. 강희가 손을 쭉 뻗어 종이 위 원의 테두리를 손끝으로 더듬었다. 마치 내 그림을 따라 그리듯이. 종이에서 손가락을 뗀 강희의 검지는 흑연 가루가 묻어 새카맸다. 강희는 검지를 들여다보며 말했다.

여기서 네 그림만 진짜야.

왜?

내가 묻자 강희가 고개를 들었다.

너만 그릴 수 있는 그림이니까.

나는 내가 그린 원을 다시 쳐다보았다. 모나고 형편없는 이 그림만이 진짜라니. 자기는 저렇게 완벽한 원을 그려놓고. 속으로 투덜거렸지만, 자꾸만 새어 나오는 웃음을 참을 수 없었다. 내게 이 그림은 나만의 방식으로 이뤄낸 승리였다. 그걸 알아본 사람이 나 말고 이 세상에 또 있다니. 그게 기뻤다.

너, 이름이 뭐야?

나는 잠시 망설이다가 대답했다.

김해진.

나는 그날로 학원을 나왔다. 당시엔 알지 못했지만 강희 역시 그날 다른 학원으로 옮겼다. 나는 더 이상 학원 관계자에게 다른 사람의 이름을 말하지 않았고, 그들이 말을 붙여도 무시한 채 지나갔다. 누군가 나를 무시하거나 욕하거나 탓할 때마다 강희가 한 말을 떠올렸다. 그럼 기분이 나아졌다. 오로지 맞서기만 해왔던 내게 다른 선택지가 생긴 것 같았다. 내가 궁지에 몰렸을 때 나를 숨겨주고 환대해주는, 나만의 아지트가 생긴 기분이었다. 강희가 내게 해준 말은 풍선처럼 계속 부풀었고, 이런 것을 더 갖고 싶다는 충동이 들었다. 강희라는 사람을, 강희가 보는 세상을 한 번이라도 가져보고 싶었다. 그럼 나 자신에 대해서도 더 잘 알 수 있을 것 같았다. 비록 그게 진짜 나와는 다른 모습일지라도.

고등학교 복도에서 강희를 다시 만났을 때 나도 모르게 강희의 팔을 잡았다. 강희가 놀라 돌아보자 나도 깜짝 놀라 팔을 놓았다. 흰 종이처럼 텅 빈 얼굴의 강희가 낯설어 잠시 말을 더듬다가 내 이름을 말했다.

나, 해진이. 김해진.

강희의 얼굴이 여러 방향으로 구겨지더니 이내 미소가 떠올랐다. 한 뼘 정도 키가 컸던 내가 앞으로 다가서자 강희 위로 내 그림자가 드리웠다.

그런 때도 있었는데. 나는 카페 창가 자리에 앉아 아무런 감정 없이 생각했다. 그립다거나 안타깝다거나 하는 느낌도 들지 않았다. 그저 그런 때가 있었다는 게 새삼스러웠다. 그리고 나는 지금까지도 강희에 대해서 완전히 알아내지 못했다는 걸 깨달았다. 강희라는 사람과 강희가 보는 세상을 늘 곁눈질로 훔쳐봤을 뿐이었다. 하지만 모두가 그렇잖아. 다들 타인의 테두리만 맴돌다가 멀어질 뿐이잖아. 아무리 친한 친구나 가족이라고 할지라도 누군가의 테두리 안에 온전히 들어가는 건 쉬운 일이 아니었다. 그 안에 펼쳐진 풍경이 바깥에서 보는 것보다 좋으리라는 보장도 없었다. 그럼에도 불나방처럼 타인을 향해 돌진하는 사람들을 보면 나는 속으로 혀를 찼다. 저러다가 양쪽 모두 산산이 조각날 텐데.

하지만.

이전에는 거기서 생각이 멎었지만, 요즘은 내 의사와 달리 계속 뻗어나갔다. 산산이 조각난다고 할지라도, 그런 식으로, 서로를 완전히 무너뜨리는 방식으로 만들어지는 관계도 있지 않을까. 그렇게 해야만 다다를 수 있는 곳도 있지 않을까. 그게 서로에게서 영영 헤어지는 일이 될지라도.

나는 카페 창밖으로 시선을 옮겼다. 때마침 앞에 있는 가로등에 일제히 불이 들어왔다. 여자가 오기로 한 시간이 점점 가까워질수록 초조해지는 마음을 어쩔 수가 없었다. 다 식은 커피를 한 모금 더 마셨다.

어제 모르는 번호로 연락이 왔을 때 나는 당연하게도 강희를 떠올렸다. 강희가 사라지고 일주일 동안 수많은 사람에게 연락이 왔다. 강희의 도자기 공방을 다니던 수강생부터 시작해 고등학교 동창, 나는 모르는 강희의 지인, 강희를 모르는 나의 지인 그리고 경찰까지. 나는 그들의 질문에 대답할 수 있는 것만 대답했고, 사람들은 그런 내게 쉽게 흥미를 잃었다. 강희가 사라지기 전 마지막으로 만난 사람이라는 이유로 내게 다른 이야기를 기대했겠지만 나는 그들의 기대를 충족시켜주지 못했다.

그날의 강희는 평소와 똑같았다. 흥미를 잃은 사람들이 떠나가고, 혼자 남겨지면 나는 평소의 강희에 대해 생각했다. 말이 많지 않았고 머리를 짧게 자르는 걸 좋아했고 집에서든 공방에서든 환기를 중요시했으며 매니큐어 바르는 걸 싫어했고 불편한 사람들과 있을 때 오히려 말이 많아졌다. 강희는 노란색 셔츠를 좋아했지만 노란색 스웨터는 싫어했고 김밥이나 비빔밥을 먹을 땐 항상 당근과 오이를 뺐지만 샌드위치에는 오이와 당근을 꼭 넣어 먹었다. 신발은 중학생 때부터 항상 한 사이즈 큰 걸 신었는데 그 탓에 발가락에 티눈이 생기기도 했다. 고등학생 때 연필을 하도 세게 잡아서 손가락에 굳은살이 박이자 강희는 내 앞에서 그 살을 칼로 도려냈다. 마치 연필을 깎듯이. 여름을 좋아했던 강희는 대학에 입학하면서 겨울을 더 좋아하게 됐다. 어떤 술이든 잘 마셨고, 강아지든 고양이든 털 달린 동물은 모두 좋아했지만 키우지는 않았다. 나는 듣는 사람이 없어도 강희에 대해 내가 아는 것들을 끊임없이 늘어놓을 수 있었다. 강희에겐 자기만의 시차가 있었다. 그건 상대방과 이야기할 때도 마찬가지라서, 내가 강희에게 뭔가를 물어도 대답이 바로 돌아오지 않았다. 강희에겐 가늠할 수 없는 어떤 이유로 시간이 필요했고, 그 시간을 충분히 보낸 뒤에야 대답했다. 처음엔 그게 꽤 멋져 보였다. 이 외에도 강희는 왼손잡이로 태어났지만 부모가 오른손잡이로 만들려고 했기에 부모 앞에서만 오른손잡이인 척했다. 강희의 부모는 기독교를 믿었지만 강희는 종교를 믿지 않았다. 그럼에도 교회는 종종 나갔다. 그리고 강희는······.

  그때 창밖으로 검정색 자동차가 소름 끼치는 소리를 내며 멈춰 섰다. 카페 안의 모두가 바깥을 내다보았다. 대로변에 아무렇게나 정차된 차의 운전석에서 어떤 여자가 내렸다. 눈에 띌 정도로 키가 크고 마른 여자였다. 여자는 가시 같은 다리로 가드레일을 성큼 넘어 카페를 향해 걸어왔다. 나는 여자를 눈으로 좇으며 찻잔 손잡이를 고쳐 잡았다. 여자는 카페 안의 사람들을 눈으로 천천히 훑었다. 그러다 나와 눈이 마주치자 나를 향해 걸어왔다. 어딘가 이상한 걸음걸이였다. 마치 뼈와 가죽이 따로 노는 것처럼 전체적으로 움직임이 반박자 느렸다. 여자와 가까워질수록 여자의 키가 점점 커졌다. 꼭 상체의 양 끝을 잡아서 억지로 늘린 반죽 같았다. 뭐라고 해야 할까. 자기 몸에 아직 적응하지 못한 사람처럼 보였다.

안녕하세요.

여자가 내 맞은편에 앉으며 인사를 건넸다.

강희와 함께 일을 하셨다고요.

나는 고개를 끄덕였다. 여자는 자신을 '종서'라고 소개했다. 빳빳한 몸을 보면 삼십대 초반 같기도 했지만, 눈이 움푹 들어간 얼굴을 보면 사십대 후반 같기도 했다.

이미 문자로도 말했지만, 강희와는 '재미있는 도자기' 때문에 몇 번 만났어요.

나는 종서를 다시금 쳐다보았다. 종서 역시 내가 그 말에 반응하리라는 걸 알고 있었다는 눈치였다. 재미있는 도자기. 내가 이 자리에 나온 이유는 그것 때문이었다. 나는 종서와 구면인지 떠올려봤지만 기억나지 않았다. 강희의 공방 수강생 중 하나라고 해도 나는 그들의 얼굴을 일일이 기억하지 못했다. 그것도 아니면 강희의 가족인가. 내 머릿속의 강희의 얼굴은 그저 흐릿했다.

흙을 너무 오래 만지지 말라던 강희의 말이 떠올랐다. 사람의 체온이 지나치게 닿으면 흙은 갈라져 버린다고. 그런 흙은 돌이킬 수 없었다. 만지면 만질수록 깨지고 부서졌다. 지금 내 머릿속 강희도 마찬가지였다. 나는 추측을 그만두고 종서를 마주 보았다.

이미 경찰이나 여러 사람에게 말해서 알고 계실지 모르지만 저는 강희에 대해 말할 게 별로 없어요. 그래도 제가 이 자리에 나온 건 종서 씨가 말한 그 재미있는 도자기 때문이에요.

내가 말을 잠시 멈추자, 종서는 고개를 한 번 끄덕였다. 나는 침을 삼키고 말을 이었다.

재미있는 도자기라는 게 대체 뭐예요?

종서는 무언가를 말할 듯 말 듯 입술을 몇 번 달싹이다가 천천히 입을 열었다.

해진 씨.

종서에게 내 이름을 말했던가. 나는 종서의 얼굴을 찬찬히 살펴보았다. 나보다 나이가 많은 듯 보였지만 정확한 나이를 가늠할 수 없는 얼굴이었다.

강희가 사라지기 전에, 어디를 간다거나 무엇을 보러 간다거나 그런 말을 하진 않았나요.

나는 대답하지 않았다. 나를 바라보는 종서의 시선은 마치 눈동자에도 뼈가 있는 것처럼, 날카롭고 단단했다. 내가 입을 열지 않자 종서가 불쑥 내 손을 잡았다. 얼음처럼 차가운, 뼈가 하얗게 불거져 나온 손가락들이 내 손을 담쟁이처럼 옭아맸다. 놀라우리만치 내 손에 꼭 맞게 만들어진 손이었다.

시간이 별로 없어요. 나는 강희를 찾아야 해요. 강희가 그 일을 시작하기 전에 찾아야 해요.

그게 무슨 말이에요?

나는 인상을 찌푸리며 물었다. 나를 빤히 보던 종서의 눈빛은 나는 알지 못하는 뭔가를 가늠하는 것 같았다. 그러고는 내 손을 놓고 점퍼 가슴께에서 무언가를 꺼냈다. 나는 종서가 잡고 있던 손을 가볍게 접었다가 폈다. 냉기가 쉽게 가시지 않았다.

종서가 꺼내 보인 건 손바닥만 한 크기의 틴 케

이스였다. 종서가 틴 케이스를 열자 검정색 천에 놓인 긴 타원형의 하얀색 돌이 하나 보였다. 눈부시게 하얬다. 처음엔 도자기인 줄 알았는데 자세히 살펴보니 사람의 손을 탄 구석이 전혀 없었다. 만져보지 않아도 알 수 있었다. 이건 도자기가 아니었다. 굴곡 하나 없이 그저 긴 타원형의 모양을 하고 있었다. 문진이라고 하기엔 너무 작았고 단순한 오브제라고 하기엔 너무 평범했다. 무엇보다 그것은, 지나치게 매끄러웠다.

　　　　이게 재미있는 도자기예요. 강희가 그렇게 불렀어요. 처음엔 내게 두 개가 있었는데, 강희가 하나를 달라기에 줬어요. 그게 문제였어요.

　　　　종서의 얼굴이 일그러졌다. 나는 돌을 들어보았다. 손가락 한 마디 정도 되는 크기였지만, 생각보다 무게감이 있었다. 한 가지 더 이상한 점은, 아무리 쥐고 있어도 따뜻해지지 않는다는 것이었다. 보통 어떤 물건이든 손에 쥐고 있으면 체온이 옮겨가서 미지근해지기 마련인데, 돌은 처음처럼 차가웠다. 반대로 돌의 온도가 내 손바닥에 전해지는 것도 아니었다. 온도를 아예 갖고 있지 않은 것 같았다. 그럼에도 돌을 쥐고 있던 오른쪽 손바닥이 묘하게 시려왔다.

오래 만지면 안 돼요.

종서가 내 손에서 돌을 빼앗아 다시 틴 케이스에 넣었다. 손바닥이 살짝 저릿했다. 얼음을 오래 쥐고 있을 때의 감각과 닮은 듯 달랐다. 마치 돌이 내 체온을 빨아들인 것처럼 손바닥 한가운데가 식어 있었다.

이게 대체 뭐예요?

종서가 내 눈동자를 빤히 쳐다보았다. 또다시 뭔가를 가늠하는 시선이었다.

나는 강희를 돌아오게 할 수 없어요. 함께 찾으러 가요.

돌의 표면 위로 기이하게 일그러진 내 얼굴이 비쳤다. 순간 나는 현기증을 느꼈다. 누군가 나를 테두리 안쪽으로 홱 끌어당기는 듯한 기분이 들었다. 한 번도 가보지 않은 곳으로, 더 깊은 안쪽으로. 나는 다리에 힘을 주고 버텼다. 하지만 호기심이 불길처럼 솟아 내 등을 자꾸만 밀었다.

강희가 입버릇처럼 말했던 재미라는 걸 나는 이해한 적이 없었다. 내 손에 닿지 않는 영역으로 자꾸 멀어지기만 했다. 재미는 결국 정체 모를 돌로 내 앞에 돌아왔고 강희는 사라졌다. 산산조각 날 수도 있어. 나는 현기증을 느끼며 감았던 눈을 천천히 떴다.

하루만, 오늘 하루만 함께 갈게요.

나는 종서에게 차 키를 달라고 덧붙였다.

*

강희는 도자기를 만들었다. 이렇게 말하면 당연히 그릇이나 접시, 잔을 떠올리겠지만 강희는 그런 건 '재미없는' 것이라고 여겼다. 도자기가 식기(食器)로만 해석되는 걸 강희는 특히 재미없어했다. 강희는 고등학생 때부터 재미있는 도자기를 만들겠다고 말버릇처럼 말했고 대학을 졸업하고 나서는 실제로 재미있는 도자기를 만들기 시작했다. 문패나 촛대, 작은 장식 따위가 그랬다. 하지만 그것들은 적어도 내 눈엔 쓸모없어 보였다. 애초에 도자기는 재미를 따질 만한 무언가가 아니었으니까.

나는 도자기에 대해 아무 생각이 없었다. 그릇에 밥을 퍼먹으면서도 그것을 도자기라고 생각한 적 없었다. 애초에 그릇이 무엇으로 만들어졌는지는 내게 중요하지 않았다. 하지만 강희에겐 그 이상의 것이 중요했다. 강희는 재미있는 도자기를 만들기 위해 공방을 열었고, 얼마 지나지 않아 강희의 도자기를 재미있어하는 수강생들이 하나둘 모였다. 나는 강희의 공방에서 자질구레한 일을 했다. 강희와 논의해 수업 일정을 짜고, 수강 문의를 받고, 수업 전에 재료를 준비하고, 수강생들이 만든 도자기들을 건조대에 하나씩 옮기고, 건조 과정이 끝나면 박스에 담아 강희의 차를 운전해 강희의 지인이 운영하는 가마 공방까지 운반했다.

    도자기 공방에서 가마 공방까지는 차로 사십 분 정도 걸렸고, 나는 그 시간을 무척 좋아했다. 아직 구워지지 않은 흙 반죽들을 뒷좌석과 트렁크에 잔뜩 실은 채 달리는 사십 분은 내게 기분 좋은 긴장감을 주었다. 온몸에 피가 돌았고 머릿속이 깨끗하고 단순해졌다. 삶이 꽤 살기 쉽다고 생각했다. 내게 주어진 일을 하기만 하면 시간이 흘러갔으니까. 누군가 나를 추월하려고 하면 나는 그들에게 자리를 내주었다. 누군가 내게 경적을 울리면 나는 그들에게 사과했다. 만약 사고가 난다면, 나보다 트렁크에 있는 도자기를 먼저 구해달라고 말하는 상상을 자주 했다. 그러면 마음이 편해졌다. 사십 분 동안 나는 나에 대해 생각하지 않아도 됐다. 나를 우선시하지 않아도 됐다. 그게 좋았다.

도자기가 가마 안에 안전히 들어가는 걸 두 눈으로 확인하면 나는 다시 사십 분을 운전해 강희의 공방으로 돌아왔다. 살아 있는 그 긴 시간 동안에는 뭘 해야 하는지 다시 알 수 없어졌다. 공방 문을 열기 전엔 숨을 잠시 참았다. 문을 열면 강희가 내게 왼손을 내밀었다. 나는 강희와 가볍게 손뼉을 마주쳤다. 짝. 그 소리와 함께 나는 완전히 나로 돌아왔다.

강희가 나를 여전히 필요로 하고 있을까? 강희의 공방에서 일하며 월급을 받게 된 이후 나는 스스로에게 자주 물었다. 강희는 내게 재미를 느끼고 있을까? 답을 내릴 수 없는 질문을 계속하다가 월말이 다가오면 불안감에 시달렸다. 그러다 계좌에 강희의 이름으로 돈이 들어오면 마음이 놓였다. 그리고 다음 날부터 다시 질문이 시작되었다. 강희와 나는 이제 무슨 관계가 된 거지? 생각하다가 잠들었고 월말이 다가오면 또다시 불안감에 시달리길 반복했다.

강희는 수강생들에게 항상 같은 말로 나를 소개했다.

해진이와 저는 수어지교(水魚之交)예요.

그 말을 들으면 대부분 웃었다. 그 사자성어를 실제로 사용하는 사람을 처음 봤다며, 정말 도자기 선생처럼 말한다며 웃었다. 나는 강희에게 그게 무슨 뜻이냐고 물었고 강희는 대답 대신 수강생과 함께 웃었다. 나도 덩달아 웃었다. 물이 없으면 살 수 없는 물고기와 물의 관계처럼 아주 친밀하여 떨어질 수 없는 사이. 뒤늦게 찾아본 수어지교는 그런 뜻이었고, 그걸 알고 난 후로 나는 함께 웃지 않았다.

고등학교 졸업 후 강희가 미대에 입학하고 내가 전문대를 자퇴하고 몇 곳의 회사를 전전하는 동안에도 강희와 나는 계절이 바뀔 때마다 만나 이런저런 이야기를 나누었다. 강희와 나는 공통점이 별로 없었지만, 이상하게도 같이 있으면 편안했다. 지금도 여전히 그런가, 물으면 선뜻 답이 나오지 않았다. 이젠 강희에게 어떤 말을 하기 전에 그 가치를 따져 묻게 되었다. 강희에게 필요한 이야기인지, 내게 유리한 이야기인지, 강희의 마음을 거스르지 않는 이야기인지. 그럴 때마다 선반에 일렬로 늘어선 도자기를 주먹으로 내리치고 싶었다. 트렁크가 빈 채로 다시 도자기 공방으로 돌아오면 나는 차에서 내려 건물 2층에 있는 공방을 올려다보았다. 창문이 환했다. 계단을 오르면서 오른손을 한 번 오므렸다가 폈다. 나는 숨을 참으며 문을 열었다. 강희가 없었다. 나는 의자에 앉아 강희를 기다렸다. 창밖으로 눈이 내리기에 그 풍경을 오래도록 보았다. 빼곡하게 내리는 눈발이 조금 징그러웠다. 동네가 점차 눈으로 덮여갔다. 모든 게 경계 없이 하얘졌다. 누군가 세상을 하나로 뭉쳐 거대한 덩어리로 만든 후에 새로 시작하려는 것 같았다. 도자기를 망칠 때마다 강희가 그랬던 것처럼.

눈이 그치고 나서도 강희는 돌아오지 않았다.

*

종서는 내게 차 키를 넘기지 않았다. 내가 마음을 바꾸고 갑자기 차를 몰고 달아날지도 모른다고 생각한 모양이었다. 종서의 운전 실력은 예상대로 형편없었다. 뒤차가 추월하려고 하면 급히 액셀을 밟았고, 그러다 앞차와 너무 가까워지면 갑자기 브레이크를 밟았다. 자꾸만 상체가 앞으로, 뒤로 쏠렸다. 주변에서 경적을 울려댔다. 창문을 내리고 욕을 쏟아내는 운전자도 있었다. 나는 안전벨트를 두 손으로 꽉 잡으며 멀미를 참았다. 차가 신호에 걸릴 때마다 종서는 점퍼 주머니에서 수첩을 꺼내 뭔가를 확인하고서 내비게이션에 주소를 입력했다. 목적지에 도착한 뒤엔 혼자 차에서 내려 어딘가로 걸어갔다. 위치는 모두 달랐지만 주로 수풀이 우거진 공터였다. 종서는 근처를 빙 둘러 걷다가 다시 차로 돌아오길 반복했다.

종서가 돌아오는 게 보이자 나는 얼른 조수석에서 내려 운전석에 올라탔다.

이젠 내가 운전할게요.

종서가 나를 빤히 보다가 알겠다는 듯 뒷좌석에 앉았다. 내비게이션에 다음 목적지를 입력해야 했기에 주소를 말해주길 기다렸지만 종서는 아무 말도 하지 않았다. 나는 내비게이션에 내가 알고 있는 주소를 입력했다. 목적지까지 삼십팔 분. 안내가 시작되었다. 주변에서 추월하려고 할 때마다 속도를 늦추고 그들이 나를 앞지르길 기다렸다. 경적을 울려대면 빠르게 양쪽 깜빡이를 켜 사과했다. 도착 시간은 계속 늘어났다. 룸미러로 뒤쪽을 살피는데 종서와 눈이 마주쳤다.

왜 더 물어보지 않아요?

종서가 물었다. 나는 그 질문에서 생략된 게 무엇인지 알았다. 왜 강희와 돌과 자신에 대해 더 묻지 않느냐는 말일 거였다. 종서에게 묻고 싶은 건 수없이 많았다. 할 수만 있다면, 나 역시 차를 세우고 아까 본 돌이 무엇인지, 강희와 종서의 관계, '그 일'이라는 게 무얼 의미하는지 캐묻고 싶었다. 하지만 그 모든 말을 듣고 이야기에 연루되고 나면 돌이킬 수 없을 것이었다. 알고 싶었지만 새롭게 알게 될 것들에 겁이 났다. 나는 핸들을 꽉 붙잡고 물었다.

그 하얀 돌은 대체 뭐예요?

종서가 점퍼 가슴께에서 아까 보여주었던 틴 케이스를 꺼내 가만히 손에 쥐었다. 종서는 고개를 들어 룸미러에 비친 나의 뒤통수를 바라보았다. 나와 종서의 눈길이 엇갈렸다.

재미있는 도자기예요.

그건 도자기가 아니잖아요.

종서의 말이 끝나자마자 내가 답했다. 재미있는 도자기라고 부른 것에는 분명 다른 뜻이 있었을 것이다. 종서는 틴 케이스를 다시 넣으며 말했다.

이건 뼈예요.

예상치 못한 대답에 나는 잠시 말을 잃었다. 사람의 뼈를 말하는 건가. 생각하면서도 나는 그 대답을 이미 알고 있었다. 어떻게 알고 있는지는 설명이 불가능했다. 그저 알았다. 그것이 내 손바닥에 닿은 그 순간부터. 뭔가를 밟았을 때 본능적으로 불쾌감을 느끼는 것처럼, 아래를 내려다보기 두려워지는 것처럼.

그것은 사람의 뼈가 아니었다. 그리고 살아 있었다.

나는 핸들의 방향을 틀었다. 룸미러 너머로 종서의 몸이 왼쪽으로 홱 쏠리는 게 보였다. 주변에서 경적이 들려왔다. 누군가 소리쳤지만 무시한 채 갓길에 차를 댔다. 소란스러움은 점차 사그라졌다. 종서는 왼쪽으로 기울어진 채 여전히 가슴께에 손을 대고 있었다. 꼭 상처를 손으로 막고 있는 것처럼 보였다. 그때 종서가 불쑥 내 오른손을 잡았다.

나는 강희를 찾아야 해요. 강희가 그 일을 시작하기 전에요.

종서의 깡마른 손가락과 손바닥이 내 손을 옭아맸다. 아까와 마찬가지로 종서의 손은 내 손과 딱 맞아들었다. 마치 손 크기를, 뼈의 길이를 자기 맘대로 조절

할 수 있는 것처럼. 나는 종서의 손을 떨쳐내려고 했지만 그럴수록 더욱 감겨왔다. 하얗게 불거진 종서의 손가락뼈가 피부 아래로 뚜렷하게 비쳤다. 어찌 되었든 종서는 분명히 인간이었다. 그게 이상하게 마음을 안정시켰다.

말해줘요. 강희가 사라진 그날, 강희에게 정말로 특별한 점이 없었어요?

종서가 떨리는 목소리로 물었다. 창밖으로 자동차가 지나가자 반사된 햇빛이 내 눈을 찔렀다. 나는 천천히 입을 열었다.

*

건조가 끝난 기물(器物)을 상자에 하나씩 옮기던 내게 강희가 불쑥 무언가를 내밀었다. 찻잔 한 개가 들어갈 만한 크기의 작은 상자였다. 내가 열어보려고 하자 강희가 막았다. 순간 짜증이 났지만 말없이 상자를 받았다. 강희는 종종 이런 식으로 자기가 만든 도자기를 불쑥 건넸다. 공용 건조대에서 건조하지 않은 걸 보면 이번에도 다른 곳에서 말려 온 모양이었다. 강희는 도자기가 구워질 때까지, 가마 공방에서 다시 도자기를 받아 올 때까지 아무도 보지 못하게 했다. 어차피 누구든 보게 될 텐데 왜 그렇게까지 하냐고 물으면 강희는 "재미있는 도자기는 특별하니까"라고 말했다. 처음 들었을 땐 그렇구나 하고 넘겼지만, 시간이 지날수록 나는 일그러지는 표정을 숨겨야 했다. 재미며, 특별이며, 그런 단어가 너무 유치하고 시시했다. 넌 대체 언제까지 그런 걸 따지면서 살래. 넌 다른 사람들도 그딴 걸 중요하게 여길 거라고 생각하지. 그렇지 않은 사람들을 재미없다고, 뻔하게 산다고 생각하지. 그런 게 전부 네가 가진 특권이라는 거, 넌 모르지. 말들이 입안에 침처럼 고였다. 자칫하면 강희에게 뱉어버릴 것 같아 입술이 아프도록 입을 꽉 다문 적도 있었다.

　　강희가 완성되기 전까지 도자기를 숨기는 진짜 이유를 나는 어렴풋이 알고 있었다. 자신이 없는 거였다. 모두의 앞에서 실패하기 싫은 거였다. 도자기를 굽기도 전에 망치면 강희는 조용히 흙을 뭉개 덩어리로 만들었다. 애초에 아무것도 아니었던 것처럼. 구워진 도자기가 마음에 들지 않으면 강희는 도자기를 깨부수고 종이봉투에 싸서 집으로 가져갔다. 마치 증거를 숨기는 범죄자처럼. 그 모습을 몇 번이나 봤지만 나는 늘 모른 척했다. 그것은 강희에게 필요 없는 이야기였으니까.

이번엔 진짜 재미있는 도자기야.

강희가 속삭였다. 나는 강희의 상자를 다른 상자 안에 넣었다. 할 수만 있다면 도자기를 꺼내 강희의 눈앞에서 뭉개고 싶었다. 강희가 그토록 입에 달고 사는 재미가 그저 허울 좋은 흙 반죽에 불과하다는 걸 보여주고 싶었다. 그걸 인정하길 바랐다.

강희가 내 팔을 툭 쳤다.

잘 구워지면 선물하려고.

강희가 환하게 웃었다.

누구한테?

강희는 비밀이라고 했다. 나는 속으로 헛웃음을 지었다. 재미. 선물. 비밀. 모든 단어가 내겐 너무 멀었다. 저 단어들을 입 밖으로 내본 게 언젠지 기억나지 않았다. 다시 기물을 상자 안에 넣는 데 집중했다. 강희는 도자기에 대해 이야기했다. 이번 도자기는 만드는 동안 아무에게도 보여주지 않았다고, 늘 그래왔긴 했지만, 이번 도자기는 특히나 특별하다고 했다. 왜냐면 강희

자신도 눈을 감고 흙을 빚었으니까. 눈을 감은 채로 머릿속에 떠오른 '진짜'를 생각하면서 계속 손을 움직였다고, 그래서 어떤 부분은 강희의 손이 한 일이 아니라고, 그래야만 빚을 수 있는 재미있는 도자기라고…….

뭐가 그렇게 재미있어?

방금 그 말이 내 입에서 나왔다는 걸 뒤늦게 깨달았다. 나는 어떤 말이든 덧붙여야 한다고 생각하면서도 그러지 못했다. 나는 강희의 도자기를 재미있어하는 사람들의 특징을 알았다. 공방을 찾는 수강생들은 모두 비슷한 모양새를 하고 있었으니까. 그들은 의식주에 필요한 것들을 자기 손으로 구할 필요가 없었다. 뭔가를 위해 아득바득 노력하지 않아도 그들의 삶은 적당히 흘러갔다. 쓸모 있는 것들은 이미 모두 그들의 손안에 있었고, 그래서 쓸모없는 것들로 계속 손을 뻗었다. 삶이라는 테두리 바깥을 궁금해하는 자신들이 꽤 엉뚱하다고 웃으면서, 매여 있지 않은 삶을 산다고 자부하면서, 재미는 자고로 그런 데서 오는 거라고 자만하면서.

그들 곁에 있는 듯 없는 듯 서 있다가 그들의 필요를 눈치챈 내가 손에 점토며 물통을 쥐어주면 그제야 깜짝 놀라 내게 말을 걸었다. 언제부터 거기 있었어요?

그들은 자주 그렇게 물었고 내가 처음부터요, 라고 대답하면 강희는 그들과 함께 웃었다. 작은 자갈들이 무수히 떨어지는 듯한 그 웃음소리를 나는 꿋꿋이 맞았다. 결국 재미도 자격이 있어야 누릴 수 있는 것일까? 그런 식으로 강희가 내게서 단어들을 계속 훔쳐 가고 있다는 생각이 들 때면, 나는 웃고 있는 강희의 입을 틀어막고 싶었다. 흙덩이를 강희의 입에 밀어 넣고 구워 낸 뒤 깨뜨리고 싶었다.

하지만 강희에게 이런 말을 할 수는 없었다. 나는 삶에 필요한 것들을 매일매일 구하며 살아야 했다. 그것들은 대부분 강희로부터 나왔다.

미안해.

내가 사과하자 강희가 고개를 저었다.

왜 사과를 해. 그러지 마.

강희가 말을 이었다.

내가 손으로 빚은 것들이 내 손을 떠나서 아예 다른 무언가가 되는 거. 쓸모를 완전히 벗어난 아예 다른 무언가 말이야. 그게 재미있어.

나는 전혀 동의하지 않았지만 그래도 고개를 끄덕였다. 그사이 쓸모라는 단어가 또 내게서 멀어졌다.

강희가 주머니에서 차 키를 꺼내 내게 건네며 말했다.

사실 해진이 너한테 보여주고 싶은 게 있어. 내일 오전 클래스 끝나고 나랑 같이 어디 좀 가자.

어디?

내가 묻자 강희가 살짝 웃었다.

비밀. 이따 눈 많이 온다니까 운전 조심해.

나는 상자를 들고 공방을 나섰다. 공방 창문을 올려다보니 강희가 손을 흔들고 있었다. 나는 어디까지 못날 수 있을까? 그 끝을 도통 알 수 없다는 게 나를 괴롭게 했다. 강희의 곁에 있으면 나는 계속해서 최악을 향해 나아갈 것이다. 나는 상자를 들고 있어 손을 흔들지 못했으므로 대신 고개를 흔들었다. 눈이 많이 내리던 그날 이후 나는 강희를 마지막으로 만난 사람이 되었다.

*

언젠가 강희가 알려준 가마 공방의 비밀번호를 눌렀다. 지인에게는 비밀이라는 말을 덧붙인 걸 보면, 아마 이렇게 몰래 들어가는 것도 비밀이겠지. 물론 강희는 이런 일을 상상하지 못했겠지만. 그렇게 생각하자 비밀이라는 단어가 조금이지만 내게 돌아왔다.

정수리 바로 위에서 CCTV가 작동 중이었다. 강희의 지인이 나를 신고하더라도 할 말이 있었다. 지난주에 맡긴 도자기를 찾으러 온 거니까. 뒤를 돌아보니 종서가 차에서 내려 이쪽으로 걸어오고 있었다. 내 이야기를 듣고 있던 종서는, 강희가 내게 다음 날 어딘가를 같이 가자고 한 걸 보면 스스로 그 일을 하러 간 건 아닐 거라고 추측했다. 내가 그 일이 뭐냐고 묻자 종서는 정말로 궁금하냐고 되물었다. 순간 손바닥 한가운데가 저릿했다. 강희와 헤어지기 위해 어디까지 갈 수 있어? 나는 언젠가 스스로에게 했던 그 질문을 다시 떠올렸다. 강희가 어디에 있는지는 몰라도 내 예상보다 한참 먼 곳으로 간 건 확실했다. 어쩌면 삶의 테두리 바깥까지. 나는 거기까지 갈 자신이 없었다.

현관문을 열자 냉기와 흙냄새가 훅 끼쳤다. 가마실로 들어가니 예상대로 가마는 식어 있었다. 강희가 사라진 후로 강희의 주변 사람들은 모두 여기저기 불려 다니며 강희에 대해 진술해야 했다. 가마 공방의 주인도 마찬가지였을 것이다. 종서는 손으로 벽을 짚으며 가마실로 들어왔다. 가마실 구석에는 초벌이 끝난 도자기들이 선반 위에 일렬로 늘어서 있었다. 나는 눈으로 그 위를 찬찬히 훑었다. 종서도 내가 하려는 일이 무엇인지 알아챘는지, 내 뒤에 가만히 서서 말했다.

어떻게 생겼는지도 모르잖아요.

강희의 도자기를 내가 못 알아볼 리 없었다. 나는 가마실에서 나와 옆방으로 들어갔다. 이곳에도 유약을 바르고 재벌구이가 끝난 도자기들이 선반 위에 가득했다. 어느새 문 앞에 와 있던 종서에게 물었다.

강희가 죽은 건 아니죠?

아니에요.

종서가 쓴웃음을 지으며 바로 덧붙였다.

강희는 이제 그럴 수 없을 거예요.

그 말이 무슨 뜻이었을까? 이해할 수 없었지만 더는 묻지 않았다. 다음 선반에도 수많은 그릇과 접시와 잔 들이 늘어서 있었다. 금방이라도 한쪽으로 기울어 쓰러질 것 같은 도자기도, 완벽한 곡선을 지닌 도자기도, 도통 어떤 모양인지 알 수 없는 도자기도 있었지만 하나같이 각자의 쓸모를 지니고 있었다. 나는 그게 조금 숨 막혔다.

나한테 궁금한 게 그게 전부인가요?

종서의 목소리가 들렸지만 얼굴이 선반에 가려 잘 보이지 않았다. 종서는 내가 그날의 강희에 대해 이야기를 들려준 후로 자신도 무언가를 말하고 싶어 했다. 아마 종서가 알고 있는 강희와 틴 케이스 안에 들어 있을 하얀 돌에 대해서. 하지만 나는 궁금하다는 이유 하나로 더는 테두리 안으로 고개를 들이밀고 싶지 않았다.

강희가 죽은 게 아니라면 됐어요.

종서가 다시 조용해졌다. 나는 쪼그려 앉아 선반 맨 아래 칸을 살폈다. 그곳엔 도자기가 몇 없었다. 금이 간 그릇이나 갈라져 손잡이가 떨어진 컵 따위가 전부였다. 굽다가 망가진 도자기를 모아둔 모양이었다. 그때 가장 구석에 있던 작은 무언가가 눈에 들어왔다. 그것이 거기 있었다. 강희의 선물이자 비밀이며 재미로 빚어진 그 도자기. 나는 그것을 두 손으로 감싼 채 종서에게 향했다. 종서는 그것을 보자마자 짧게 한숨을 내쉬었다. 본능적으로 나온 탄식에 가까웠다. 나는 종서가 차마 만지지 못하는 그것을 눈앞으로 끌어왔다.

그것은 주먹만 한 크기에 손잡이가 없는 백자 찻잔이었다. 강희의 도자기가 늘 그랬듯, 겉으로 보기엔 평범해 보였지만 자세히 들여다보면 이상한 구석이 보였다. 그게 도자기의 진짜 모습이었다.

찻잔에는 두 개의 구멍이 있었다. 하나는 입술이 닿는 면에 아치형으로 나 있었고, 나머지 하나는 찻잔의 바닥 근처에 긴 타원형 모양으로 나 있었다. 찻잔으로서의 쓸모는 완전히 포기한 모양새였다. 이상한 점은 구멍 말고 또 있었다. 안쪽을 보니 얇고 긴 점토 조각이 원을 그리며 바닥까지 이어져 있었다. 마치 작은 미끄럼틀 같았다.

뒤집어야 해요.

종서가 같은 말을 반복했다. 나는 찻잔을 천천히 뒤집었다. 뒤집힌 찻잔이 이글루처럼 내 손바닥 위에 우뚝 솟았다. 의도를 알 수 없던 구멍들은 이제 각각 창문과 문으로 보였다. 안을 들여다보려는데 종서가 내 어깨를 잡았다. 순간 강희가 무엇을 만들었는지 얼핏 알 것 같았다. 이건 무언가의 미니어처였다. 정확히는 어딘가의 미니어처였다. 어쩌면 강희가 지금 있는 곳의 미니어처.

강희는 대체 지금 뭘 하고 있는 거예요?

종서가 가슴께에 손을 올렸다. 손끝이 떨리고

있었다.

　　나는 누군가의 장례식을 돕고 있어요. 하지만 이제 그 일을 할 수 없게 됐어요. 그래서 나를 고용한 이들이 내 후임을 찾고 있었고, 그들은 강희에게 흥미를 보였어요.

　　그래서 강희가 하겠다고 했나요?

　　종서는 고개를 저었다. 부정이 아니라 모른다는 의미였다. 나는 다시 물었다.

　　아까 보여준 그 하얀 돌. 그 일이 그것과 관련이 있어요?

　　네.

　　그건 인간의 뼈가 아니죠?

　　종서는 대답 대신 틴 케이스를 꺼냈다. 그것을 다시 보고 싶지 않았지만 그렇다고 눈을 뗄 수도 없었다. 종서가 케이스에서 하얀 돌을 꺼내 자신의 손바닥 위에 올려놓았다. 꼭 손바닥에 긴 타원형 모양의 구멍이 난 것처럼 보였다. 구멍 안은 새하얬다. 문득 나는 그것의 색과 강희가 만든 이상한 찻잔의 색이 똑같다는 걸 깨달았다.

　　당신이 그 일을 했다면 강희가 지금 어디 있는

지도 알고 있을 거 아녜요.

몰라요. 그들이 자리를 옮겼어요.

왜요?

내가 더 이상 쓸모없어졌으니까요.

종서의 얼굴이 일그러졌다. 슬프기보다 괴로워 보였다. 내가 잘 아는 표정이었다.

그 일이 강희를 위험하게 해요?

지금은 아니지만. 언젠가는.

하지만 강희는 재미있어하겠죠.

네.

나는 뒤집힌 찻잔을 내려다보았다. 대체 강희는 그 빌어먹을 재미를 찾아 어디까지 간 걸까. 강희를 끝도 없이 움직이는 그 재미라는 게 무엇인지 알고 싶었던 적도 있었다. 왜냐면 강희가 내게서 재미를 앗아가 버렸으니까. 내가 닿을 수 없는 영역으로 가져가버렸으니까. 하지만 지금은 아니었다.

찻잔의 아치문 속은 처음엔 그저 컴컴했지만 눈이 어둠에 익숙해지자 무언가의 실루엣이 보였다. 찻잔 안쪽에 있던 작은 미끄럼틀이었다. 미끄럼틀은 찻잔 안쪽을 빙 둘러 꼭대기까지 향해 있었고, 그 끝엔 타원형 모양의 창문이 있었다. 창문에서 새어 들어온 빛이 미끄럼틀을 비췄고, 그게 미끄럼틀을 조금 다르게 보이게 했다. 뭐라고 해야 할까. 저건 미끄럼틀이라기보다는……. 나는 살짝 인상을 찌푸렸다. 꼭 나선형 계단 같았다.

그리고 누군가 그곳을 오르고 있었다.

하얀 돌

강희는 곁에 있던 나무를 손으로 짚으며 계단을 올랐다. 애초에 이걸 계단이라고 불러도 될지 모르겠지만. 지금까지 올라온 길을 내려다보자 산간 도로가 시야에 들어왔다. 간간이 차들의 헤드라이트 빛이 엎질러진 물처럼 도로에 퍼졌다.

강희가 내렸던 버스 정류장은 이제 보이지 않았다. 강희는 갓길을 따라 걷다가 그것이 길을 일러주자 멈춰 서서 맞은편을 쳐다보았다. 그것은 차도와 맞닿은 언덕을 가리켰다. 언덕을 오르려면 이차선을 횡단해야 했는데 강희는 차들이 지나갈까 조금 두려웠다. 강희의 머릿속에서 강희는 차에 치여 몇 번이고 죽었다. 그만 둘래? 그것이 물었고 강희는 그제야 이차선을 건넜다.

  강희는 돌담을 넘어 언덕을 묵묵히 올랐다. 언덕은 산으로 이어졌고 길은 점차 가팔라지더니 이제 주변에 보이는 거라곤 바싹 마른 나무들과 하늘뿐이었다. 강희는 돌들을 지표 삼아 여기까지 올라왔다. 언덕에서부터 산 중턱까지, 크기와 질감이 다른 돌들이 불규칙적으로 땅에 박혀 있었다. 돌계단이라기보다는 위로 이어지는 징검다리에 가까웠다. 이 돌들을 박아 넣은 게 누구인지는 몰라도, 이 길을 숨기고 싶었다는 것만큼은 알 수 있었다.

  돌들의 규칙성과 방향성을 쉬이 알아볼 수 없을 정도로 모든 게 들쑥날쑥했다. 계단이 이어진다 싶다가도 갑자기 끊어져서 주변을 한참 살펴봐야 다음 돌이 보이는 식이었다. 강희는 나중에 돌아갈 땐 어떻게 해야 하나 잠시 생각하다가 그만두었다. 다시 다음 돌을 눈으로 찾았다. 저 멀리 강희의 얼굴만 한 갈색 돌이 땅에 박혀 있었다. 눈으로 길을 훑어보니 경사가 심하진 않았지만 나무를 온몸으로 헤치며 가야 한다는 게 조금 번거로울 것 같았다.

거의 다 왔어.

그것이 말했다. 강희는 발걸음을 옮겼다.

*

강희가 손으로 무언가를 만들기 시작한 건 세 살부터였다. 강희의 할머니는 TV를 보며 달력 뒷면에 기록하는 습관이 있었다. 탤런트가 샴푸 광고를 함, 레몬과 복숭아, 황홀한 밸런스, 얼룩 제거, 노란색 강아지가 뛰어옴, 리프레시, 삼 년 전에 여자 배우랑 이혼한 남자 탤런트가 김치로 뺨을 맞는다. TV에서 나오는 모든 장면을 글로 옮겼다. 할머니는 철자를 자주 틀렸고, 그때마다 틀린 글자를 지우개로 깨끗하게 지웠다.

할머니에게 맡겨졌던 강희는 그 옆에 앉아서 지우개 가루를 손가락으로 뭉쳤다. 할머니의 틀린 글자가 강희의 손안에서 뭉개지고 합쳐지며 또 다른 모양을 갖춰갔다. 강희는 그 누구도 알아보지 못하도록 할머니의 실수를 지우는 일을 돕고 있다고 생각했다. 자신의 체온이 옮겨가 말랑말랑해진 지우개 덩어리를 만질 때마다 묘한 즐거움을 느꼈다. 공범자로서의 즐거움이었다.

강희는 강아지와 세탁 세제와 이혼한 남자 탤런트와 샴푸를 만들었다가 그것들을 모두 합쳐 커다란 수영장을 만들기도 했다. 그리고 다시 수영장을 떼어내긴 계단을 만들었다. 계단은 토끼 다섯 마리가 되었다가 중절모가 되었다가 터널이 되었고 다시 거대한 덩어리로 돌아왔다. 덩어리는 무엇이든 될 수 있었다.

할머니는 손재주가 참 좋다며 강희의 머리를 쓰다듬었다. 바싹 마른 손가락들이 강희의 정수리를 찬찬히 쓸었다. 뼈와 뼈가 부딪치며 굴곡을 만들었다. 강희는 할머니가 글자를 틀리기를 기다렸다. 할머니는 재미라는 단어를 가장 자주 틀렸다. 습관처럼 제미라고 적었다가 지우고 다시 재미라고 적길 반복했다. 강희는 제미를 뭉치고 굴려 덩어리로 만든 다음 코끼리와 소주병과 여자 아나운서와 변기를 만들었다. TV장 구석에 지우개 가루를 덩어리로 뭉쳐 만든 이상한 마을이 전시되었다. 강희와 할머니의 합작이었다.

부모가 강희를 데리러 온 건 강희가 초등학교 입학을 앞둔 해였다. 할머니의 치매가 심해지지 않았더라면 강희는 줄곧 할머니와 살았을지도 모를 일이었다. 할머니는 요양원으로 들어갔고, 강희는 부모의 집으로 들어갔다. 강희는 밤마다 울었고 강희의 부모는 그럴 때마다 찰흙을 사주었다. 이불을 뒤집어쓰고 찰흙을 둥글게 굴려 덩어리로 만들다 보면 잠이 왔다. 잠에서 깨면 강희의 피부 여기저기에 찰흙 덩어리가 붙어 있었다. 강희는 그것을 벽에 붙였다. 벽에 갖가지 크기와 모양의 구멍이 뚫렸다. 강희는 그것에 눈을 대보았다. 아무것도 보이지 않았다.

칠 년 후 강희는 할머니를 다시 만났다. 임종을 앞둔 할머니는 중학생이 된 강희를 알아보지 못했다. 강희라는 사람을 아예 기억하지 못하는 것 같았다. 물론 강희는 할머니를 기억하고 있었지만 지금 강희의 눈앞에 있는 왜소한 노인은 아예 다른 사람에 가까웠다. 강희는 침대맡에 서서 지방과 수분이 빠져나가 뼈만 남은 노인을 내려다보았다. 노인의 얇디얇은 뼈 위에는 낡아빠진 천막처럼 축 늘어진 피부가 간신히 붙어 있었다. 노인의 입은 숨을 들이마시는 게 아니라 계속 내뱉기만 하는 것 같았다.

강희는 노인의 배 위에 놓인 검버섯이 핀 손등을 바라보았다. 한때 친구들 사이에서 유행했던 손장난이 떠올랐다. 서로의 검지 끝을 A자로 맞대고 손가락으로 검지의 피부 겉면을 쓸면 그 촉감이 꼭 시체를 만지는 느낌이 난다고 했다. 다들 소름 돋는다며 비명을 질러댔지만 강희는 아무리 만져봐도 무슨 느낌인지 알 수 없었다. 애초에 시체를 만져본 적 없으니 비교해볼 수도 없었다. 오히려 자신의 검지를 쓸어내리던 친구의 손가락이 닿는 감각이 더 생경했다. 죽은 제 몸을 누군가 쓰다듬는다면 이런 느낌이겠구나 싶었다. 살과 살이, 뼈와 뼈가 닿는 느낌. 분명하고 확실한 감각이 강희에게 묘한 편안함을 주었다.

강희는 할머니의 검버섯 핀 손등을 손가락으로 가만히 쓸어보았다. 할머니의 흐리멍덩한 눈빛이 잠시 강희에게 머물렀다. 강희는 할머니의 유골이 갖고 싶었다. 할머니의 뼛가루를 뭉치고 굴려 덩어리로 만든 다음 할머니의 모습을 무엇으로든 바꿔주고 싶었다. 할머니를 죽음으로부터 떼어내 계속 살게 해주고 싶었다. 하지만 그건 불가능했으므로 유족실에 누워 사람들이 떠드는 소리를 들으며 자신의 미래를 이리저리 주물렀다. 강희는 장례 절차가 모두 끝나고 미대 입시를 준비하기 시작했다.

도자기는 영원히 살 수 있어.

언젠가 고등학교 미술 시간에 선생이 그런 말을 했다. 강희는 뭔가에 홀린 듯 고개를 들었다. 흙을 치대고 주무르느라 아이들은 모두 고개를 숙이고 있었고 오직 강희만이 선생을 또렷이 보았다. 선생은 허공을 쳐다보며 말을 이었다.

도자기는 두 번 굽거든. 엄청나게 뜨거운 가마에서 두 번이나 태어났다가 죽는 거야. 그 모든 걸 완벽하게 견디고 나오면 영원히 살 수 있어.

깨지면요?

누군가 물었고 몇몇 아이들이 웃었다. 선생은 어깨를 으쓱였다.

애초에 영원히 살 도자기가 아니었던 거지. 깨질 도자기는 언제든 깨지게 되어 있어. 가마에서든, 가마 밖에서든. 반대로 영원히 살 도자기는 언제 어디에서든 영원하고.

가마에서 구워지는 과정 중에 깨지고 망가지는 도자기가 얼마나 많은지, 오늘 너희가 만든 것도 아마 절반은 버려질 거라고 선생은 덧붙였다. 이 중에 한둘은 영원한 도자기가 나올 수도. 선생의 말에 아이들이 그럼 자기들이 들인 수고는 다 어디로 가는 거냐고 투

덜거리자 선생은 그러니 제대로 만들라며 장난스럽게 꾸짖었다. 강희는 교실 구석을 돌아보았다. 해진과 눈이 마주쳤다. 강희가 웃자 해진이 고개를 갸웃했다. 강희는 쉬는 시간이 되자마자 해진에게 달려가 말했다.

나 정말로 하고 싶은 일을 찾았어.

미대 가는 거?

해진은 붙여도 붙여도 자꾸만 떨어지는 컵 손잡이를 뭉개며 물었다. 강희가 신나서 고개를 저었다.

아니. 그거보다 더 하고 싶은 일.

뭐?

재미있는 도자기를 만들 거야.

해진은 강희의 말을 이해하지 못한 눈치였지만 더 파고들지 않았다. 강희는 그래서 해진이 좋았다. 해진을 처음 봤을 때부터 쭉 그랬다. 강희는 처음 만난 날 해진이 그렸던 울퉁불퉁한 원을 손가락에 기록해두었고, 가끔 집에서 혼자 그려보기도 했다. 다각형에 가까운, 사방에서 빛이 비치고 그림자가 지는 이상하고 재미있는 원. 해진은 그 이후로 그림을 즐겨 그리지 않았지만, 강희는 해진이 교과서나 노트 구석에 그린 낙서를 놓치지 않고 포착했다. 해진의 그림은 해진과 닮아 있었다. 어느 구석이든 제자리를 찾아냈고, 때를 기다릴 줄 알았다. 다른 사람은 중간에 그만두고 포기할 일도 해진은 꿋꿋이 견뎠다. 그리고 끝내 자기만의 방식으로 이해에 도달했다. 어딘가 도자기와 닮은 면이 있다고, 강희는 생각했다.

 이날 강희가 만든 건 손바닥만 한 운동장 미니어처였다. 운동장 위에는 코끼리와 무지개다리와 샴푸가 둥글게 서 있었고, 한가운데엔 사람의 뼈가 박혀 있었다. 딱히 쓸모는 없었지만 강희의 도자기는 영원히 남았다.

*

 강희는 관자놀이를 손등으로 훔쳤다. 밤중이라 영하의 날씨인데도 땀이 났다. 이제 길은 다행히 평탄했고 나무를 헤치며 걸을 필요도 없었다. 이곳을 먼저 오갔을 누군가 가지를 치고 땅을 밟아 길을 미리 만들어놓은 듯했다. 누구일까. 강희는 종서를 떠올렸다. 하지만 그것이 말하길 종서는 이 길을 모른다고 했다. 종서가 알고 있던 곳엔 이젠 아무것도 없었다. 그들과 종서 사이의 약속은 깨졌고 이젠 강희가 그 자리를 대신해야 했다.

무서워?

그것이 물었다. 강희는 주머니에 손을 넣어 그것을 꺼냈다. 하얗고 긴 타원형의 돌이 손바닥 위에 놓였다. 재미있는 도자기. 강희는 달빛에 그것을 비춰보았다. 그것이 달빛을 흡수해 은은한 빛을 냈다.

넌 재미있어 보이지 않아.

그것이 말했다. 강희는 고개를 끄덕였다. 그것에게 거짓말을 해봐야 통하지 않았다.

왜?

강희는 다시 걷기 시작했다. 글쎄, 왜일까. 주어진 일을 제대로 이행만 한다면 그것은 강희에게 영생을 주겠다고 약속했다. 이 약속은 종서와 그것 사이에도 오갔던 것이지만, 종서가 약속을 깨버렸다. 강희는 종서의 비쩍 마른 몸과 큰 키를 떠올렸다. 마치 맞지 않은 옷을 입은 듯 구부정했던 그 몸. 이상한 손.

강희가 종서를 처음 만난 건 지하철 역사에서였다. 플랫폼으로 통하는 계단을 내려가는데 에스컬레이터 아래쪽에서 비명이 들렸다. 남자가 쓰러져 있었다.

강희는 그 자리에 멈춰 섰다. 남자의 외투가 에스컬레이터에 빨려 들어가자 사람들이 남자에게서 외투를 벗겨내려고 애썼다. 남자의 이마에서 피가 흘렀다. 누군가 역무원을 부르는 소리가 들렸다. 에스컬레이터를 내려오던 사람들이 포개지며 몇몇이 넘어질 듯 휘청거렸다. 사람들이 간신히 남자의 외투를 벗겨내자 에스컬레이터가 무서운 속도로 외투를 빨아들였다. 그 탓에 에스컬레이터가 멈췄고 몇몇이 넘어지며 짧은 비명을 질렀다.

    강희는 빠르게 뛰는 심장을 가라앉히려 애쓰며 주변을 둘러보았다. 강희의 근처에도 멈춰 선 사람들이 꽤 있었다. 계단 한가운데 있던 여자가 유난히 눈에 띄었다. 마르고 키가 큰 여자의 얼굴엔 핏기가 하나도 없었고, 마치 발이 묶인 듯 가만히 서서 에스컬레이터 쪽을 보고 있었다. 누군가 여자의 심장을 세게 움켜쥐기라도 한 것처럼 괴로워하는 표정이었다. 순간 강희는 자기도 모르게 여자의 손을 낚아채 성큼성큼 계단을 내려갔다. 역무원들이 강희와 여자를 지나쳐 달려갔다. 강희는 뒤도 돌아보지 않고 걷는 데만 집중했다. 플랫폼 끝까지 와서야 여자는 하얗게 질린 얼굴로 천천히 숨을 몰아쉬었다.

괜찮아요?

강희가 놀라서 물었다. 여자는 몇 번이고 입술을 달싹거렸지만 대답하지 못했다. 플랫폼에 지하철이 들어왔다가 나가는 동안 강희는 말없이 여자의 손을 잡고 있었다. 여자가 천천히 호흡했다. 차갑게 식은 여자의 왼손을 강희는 힘주어 잡았다. 앙상하게 마른, 묘하게 이상한 손이었다. 마치 큰 사이즈의 장갑을 낀 것처럼 손가락 한 마디가 덜렁거렸다. 그때 덜렁거리던 손가죽에 서서히 뼈가 들어차기 시작했다. 짧아졌던 뼈가 피부 안쪽에서 길어지는 것처럼 보였다. 뼈는 손끝까지 들어차더니 조금 더 자랐다.

강희는 여자의 손이 하려는 일이 무엇인지 깨달았다. 강희의 손 크기와 딱 맞게 뼈의 길이를 조절하고 있었다. 마치 거푸집으로 찍어낸 것처럼 강희의 손과 딱 맞았다. 강희가 놀라서 쳐다보자 여자가 괴로운 얼굴로 고개를 저었다. 강희는 아무것도 묻지 않았다. 소음으로 가득했던 플랫폼이 서서히 조용해졌다. 응급대원들이 남자와 다친 사람들을 데리고 간 모양이었다. 다시 크기가 바뀐 여자의 손은 이제 강희의 손보다 더 작아졌다. 강희는 소름이 돋았지만 여자의 손을 놓지 않았다.

여기서 나갈까요?

강희와 여자는 엘리베이터를 타고 역사로 나섰다. 지나가는 사람들이 강희와 여자를 돌아보았다. 지상으로 나오자 초겨울 바람이 불어왔다. 그제야 숨이 트였다. 강희는 숨을 크게 들이쉬며 여자를 돌아보았다. 여자는 울고 있었다. 강희는 자꾸만 작아져서 금방이라도 없어질 것 같은 여자의 손을 꽉 잡고 그 자리에 서 있었다. 이젠 강희 혼자 주먹을 쥐고 있는 것처럼 보였다. 여자가 울음을 그쳤을 때, 강희의 손은 빨갛게 얼어 있었다. 하지만 그 안에 있던 여자의 손은 따스했다. 여자는 자신을 종서라고 소개했다.

그 후 강희와 종서는 종종 만나 차를 마셨다. 침묵이 대부분인 대화를 나누며 강희는 종서의 나이가 꽤 많다는 것을 알게 됐다. 하지만 종서는 이상할 정도로 나이 들어 보이지 않았다. 출장이 잦은 일을 하고 있다는 것도 알아냈으나 정확히 어떤 일을 하는지는 알 수 없었다. 강희는 종서가 가까운 시기에 사랑하는 사람을 준비도 없이 잃었다는 사실 역시 어렴풋이 눈치챘다. 종서가 그 이야기를 하고 싶지 않아 했기에 길게 묻지 않았지만, 종서는 종종 지나가는 사람들을 보면 얼굴이 텅 비어버렸다. 꼭 영혼은 빠져나가고 껍데기만 남아 있는 사람처럼, 순식간에 모든 것으로부터 멀어졌다. 강희는 그럴 때마다 종서의 팔을 잡았다. 그러면 종서가 서서히 강희 앞으로 돌아왔다. 대체 어떤 크기의 슬픔이기에 인간을 이렇게 죽은 것처럼 만든 걸까.

종서와 헤어지고 집으로 돌아가면서 강희는 근래 일어났던 사고와 참사를 머릿속으로 훑어보았다. 짚이는 구석이 너무나 많아서 놀랐다. 일 년 동안 이리도 많은 참사가 있었다니. 이렇게 많은 사람들이 한꺼번에 목숨을 잃었다니. 강희는 우뚝 멈춰 서서 지나가는 사람들을 쳐다보았다. 거짓말 같았다. 지금 여기 살아 있는 몸들이 모두 거짓 같았다. 삶을 무감하고 무력하게 만드는 거대한 죽음이 강희를 내리눌렀다. 강희의 몸에서 무언가가 빠져나가려고 했다. 그때 강희 곁을 지나가던 여자가 강희의 어깨를 무심하게 쳤다. 종서가 말하고 싶지 않아 하는 슬픔에 대해서 더 이상 묻지 말자. 강희는 손을 접었다가 펴며 다짐했다.

강희는 종서를 만날 때마다 종서의 손에서 눈을

떼지 못했다. 제 맘대로 크기를 늘리고 줄이던 그 기이함은 온데간데없이 그저 평범해 보였다. 그나마 이상한 점이 있다면 피부가 얇아 뼈가 유난히 선명하게 보인다는 점뿐이었다. 강희는 종서에게 몇 번이고 손에 대해 물으려 했으나 그날 강희가 본 기이함을 뭐라고 설명해야 할지 몰라 번번이 실패했다. 어떤 말도 그날 겪었던 일을 설명할 수 없었다. 정신이 없어서 잘못 본 건가. 강희는 잠시 스스로를 의심하긴 했지만, 이내 그건 분명히 일어났던 일이라는 결론에 도달했다. 그건 강희의 손이 직접 보고 느낀 일이었다. 거짓일 리 없었다.

세 번째 만남에서 강희는 결국 무작정 입을 열었다.

언니 손 말이에요.

강희가 우물쭈물하고 있자, 종서가 짧게 한숨 쉬듯 웃었다. 그러고는 테이블 위로 왼손을 내밀었다. 강희는 종서의 왼손을 잡았다. 종서의 피부 아래에서 뼈가 서서히 자라기 시작했다. 맞잡은 강희의 손에서 종서의 긴 손가락들이 삐죽 튀어나왔다. 종서의 손 가죽이 금방이라도 찢어질 것처럼 팽팽해졌다.

그만, 그만해요. 그만.

강희가 놀라서 소리치자 종서의 손가락이 길어지길 멈추었다. 종서가 손을, 더 정확히 말하면 뼈를 원래 길이로 줄이는 동안, 외투에서 뭔가를 꺼냈다. 손바닥만 한 크기의 틴 케이스였다. 종서는 능숙하게 한 손으로 케이스를 열었다. 검정색 천이 깔린 케이스 안에는 긴 타원형의 하얀 돌 두 개가 놓여 있었다. 용도는 알 수 없으나 관상용이 아닐까 싶을 정도로 정갈하고 아름다웠다.

종서는 이제 완전히 되돌아온 왼손으로 가볍게 주먹을 쥐었다가 폈다. 강희는 뭔가에 홀린 듯 하얀 돌에서 눈을 떼지 못했다. 종서가 그중 하나를 강희의 손바닥 위에 올려놓았다. 그것이 피부에 닿는 순간 강희는 이질감을 느꼈다. 그것은 도자기도 아니고 돌도 아니었다. 아예 다른 무언가였다. 강희가 뭐라 말하려 하자, 종서가 고개를 저어 막았다. 아무것도 묻지 말라는 의미였다. 강희는 손바닥 위에 놓인 것을 다시 보았다. 그것과 닿아 있던 피부가 식어가는 게 느껴졌다. 그것이 강희의 체온을 흡수한 탓이었다. 강희는 비명을 지르지 않기 위해 입술을 깨물었다. 그것은 살아 있었다.

나는 이들의 장례를 돕고 있어요.

종서가 말했다. 강희는 그것이 미지의 생명체라는 사실을 깨달았다. 종서는 천천히 말을 이었다. 그것에겐 따로 이름이 없었다. 어쩌면 이름이 있을지도 몰랐지만 그들은 종서에게 이름을 밝히지 않았다. 그들은 수천 년의 시간을 들여 지구로 날아왔고, 알 수 없는 이유로 종서를 선택해 자신들의 죽음을 돕게 했다. 그들이라고 부른다고 해서 그것들이 여럿이서 지구에 도착한 건 아니었다. 그들은 모두 홀로 지구에 도착했다. 그들은 떠나온 곳에서 영원히 살 수 있었지만, 지구에서의 삶은 유한했다. 아마 오랜 시간을 들여 지구를 찾아낸 것 같다고 종서는 말했다.

왜요? 영원히 살 수 있는데 굳이 죽으러 지구에 온 이유가 뭔데요?

강희가 묻자 종서가 고개를 저었다. 그 이유는 종서도 알지 못했다. 알고 싶지도 않은 듯 했다. 강희는 문득 손을 내려다보았다. 종서가 말하고 싶지 않아 하는 슬픔에 대해서 더 이상 묻지 말자고 다짐했던 일이 떠올랐다.

나는 그들이 원하는 곳까지 그들을 옮겨줄 뿐이에요.

종서는 그 일을 '장례'라고 불렀다. 하지만 장례를 돕는다는 건 대상이 이미 죽었을 때 가능한 말이었다. 그들은 애초에 죽기 위해 지구에 왔으므로 종서가 하는 일은 그들의 자살을 돕는 일에 가까웠다. 그게 언젠가 종서를 힘들게 하지 않을까, 강희는 생각했다.

그 대가로 언니는 뭘 받아요?

강희는 종서의 기이한 손을 떠올렸다. 사람의 능력 바깥에 있는 무언가를 대가로 받겠지. 하지만 그게 정확히 무엇일까. 강희의 머릿속에서 허무맹랑한 추측이 꼬리에 꼬리를 물고 늘어났다. 그때 어디선가 또렷한 목소리가 들려왔다.

영생.

강희는 깜짝 놀라 종서를 쳐다보았으나 종서는 아무것도 듣지 못한 듯했다. 목소리는 귀를 통해 들려오지 않았다. 피부를 통해 안쪽으로 울려왔다. 강희는 손바닥 위에 놓인 그것을 내려다보았다.

그 대가로 영생을 줄게.

그것이 다시 말했다. 강희의 심장이 빠르게 뛰었다. 강희는 종서에게 물었다.

언니는 그들이랑 말도 통해요?

그들은 대화하고 싶은 상대에게만 해요.

강희는 다시 손바닥 위를 내려다보았다. 그것이 은은하게 뿜어내는 하얀빛이 강희의 눈 안으로 쏟아졌다. 강희는 뭔가에 홀린 듯 말했다.

제가 가져도 될까요.

종서는 강희를 빤히 쳐다보다가 고개를 한 번 끄덕였다. 그리고 그게 종서가 저지른 잘못이었다. 그것을 종서의 소유라도 되는 듯 누군가에게 준 것. 하지만 강희는 시간을 몇 번이고 되돌려도 종서가 자기에게 그것을 건넬 것이라는 걸 알았다. 종서는 그것의 죽음을 도울 수 없었다. 그러지 않고서야 그렇게 오랫동안 그것들을 지니고 다녔을 리 없었다. 종서는 그들로부터 신뢰를 잃었고, 종서가 하던 일은 자연스레 강희에게 넘어왔다.

종서가 그것을 강희에게 준 날, 강희는 집으로 돌아와 그것에게 밤새 질문을 던졌다. 하지만 그것은 대부분 대답하지 않았다. 그것은 오로지 강희가 앞으로 해야 할 일에 관한 질문에만 대답했다. 강희는 일단 그것과 함께 그것이 가리키는 곳으로 가야 했다. 그곳에서 장례를 치러야 했다.

너희에게 죽음이란 게 뭐야?

강희가 묻자 그것은 어떤 이미지를 보여주었다. 그것의 목소리와 마찬가지로 그 이미지는 그것과 맞닿은 피부를 통해서 강희에게로 전해졌다. 처음엔 새하얀 빛 덩어리로 보이던 것이 하얀색의 반원형이 되더니 점차 뚜렷해졌다. 꼭 백자 찻잔을 뒤집어놓은 듯한 형상의 건물이었다. 그것은 일종의 거대한 집합체였다. 강희의 눈에는 커다란 도자기처럼 보였다. 그 모습을 본 이상 강희는 그것의 죽음을 도울 수밖에 없었다. 그날 밤 강희는 그것이 보여준 죽음을 손으로 열심히 빚었다. 망가지지 않고 잘 구워진다면 종서에게 선물하고 싶었다.

영생에 대해서는 묻지 않아?

그것이 물었다. 영생이 정확히 어떻게 이루어지는 건지는 몰라도 뼈에 가까워지는 일 같다고 강희는 생각했다.

만약 영생의 준비를 모두 마쳤는데 갑자기 교통사고나 그런 걸 당해서 내가 죽으면 어떡해?

그것은 강희의 말을 알아듣지 못했다. 강희가 몇 번이고 질문을 바꾸어 물어도 마찬가지였다. 강희가 결국 묻기를 포기하자 그제야 대답에 가까운 말이 돌아왔다.

영생은 그런 것에 지지 않아.

강희는 언젠가 미술 선생이 했던 말을 떠올렸다. 깨질 도자기는 언제든 깨지게 되어 있듯이, 영원한 도자기는 언제 어디에서든 영원하다. 영생의 준비를 마치면 죽음은 아예 불가능해졌다. 마치 그것이 태어난 땅을 떠나 수천 년을 날아 낯선 지구에 찾아왔듯, 강희가 아는 세상을 아예 떠나지 않고서야 죽음은 어떤 일이 있어도 일어날 수 없었다. 그걸 정말로 원해? 강희는 스스로 물었다. 사실 강희는 영생에는 관심이 없었다. 강희가 그것을 돕기로 한 이유는 딱 하나였다. 두 손으로 그것의 죽음을 만져보고 싶었다.

그것들의 집합체.

그것들이 모여 이룬 거대한 도자기.

저 앞에 하얀색의 돌이 땅 한가운데 박혀 있었다. 그 돌을 보자 강희는 긴 사색에서 빠져나와 다시 산길로 돌아왔다. 굳이 가까이서 보지 않아도 강희는 저 돌이 그것의 죽음으로 향하는 마지막 돌임을 알았다.

강희는 성큼성큼 걸음을 옮겼다. 이곳을 찾아 헤맨 일주일 동안 강희는 물만 몇 모금 마셨을 뿐, 음식은 입에 대지 않았다. 그럼에도 허기와 갈증을 느끼지 않는 걸 보면 강희도 종서처럼 영생으로 가는 준비 과정에 오른 듯했다. 강희는 그것을 다시 주머니에 넣었다. 그것이 닿아 있던 손바닥 한가운데가 저릿했다. 강희는 땅에 박힌 하얀 돌을 밟았다.

다 왔어.

고개를 들자 하얀빛이 쏟아졌다. 한밤중인데도 눈이 부셔서 눈을 제대로 뜰 수가 없었다. 어느 정도 빛에 익숙해지자 실루엣이 서서히 보이기 시작했다. 높이가 족히 오 미터는 되는 반원형의 새하얀 건물이 강희의 앞에 있었다. 거대한 백자 찻잔이 뒤집힌 채로 놓인 것처럼 보였다. 정면에는 이 미터가 조금 안 되는 높이의 아치형 문이, 건물의 꼭대기엔 작은 타원형의 창문이 나 있었다. 강희는 자기가 마지막으로 만든 도자기가 틀리지 않았음을 직감했다.

아치형 문을 보고 있자니 차가운 물에 몸이 젖듯이 강희의 온몸에 냉기가 돌았다. 문 바깥쪽과 마찬가지로 안쪽도 온통 새하앴다. 저 안에 나선형 계단이 있겠지. 강희는 두 손으로 가볍게 주먹을 쥐었다가 풀었다.

정말로 죽음을 원해?

그것이 기다렸다는 듯 대답했다.

응.

정작 영생을 살 수 있는 존재는 죽음을 원하고, 죽음을 벗어날 수 없는 존재는 영생을 원한다니. 강희는 종서를 떠올렸다. 강희 대신 종서가 이곳에 도착했다면 어땠을까. 종서는 영생을 원했으니 드디어 원하는 것을 손에 넣었다며 좋아했을지도 모른다. 하지만 강희는 종서에게 이 일이 너무 가혹하다고 생각했다. 장례를 돕는 일이 아니라 죽음을 돕는 일이므로. 누군가의 죽음을 보는 일은 종서를 끝내 망가뜨렸을 것이다. 어쩌면 누군가를 잘 보내주는 일이 종서에게 필요할지도 모른다고 생각한 적도 있다. 하지만. 강희는 종서가 더 이상 다른 존재의 죽음을 겪지 않기를 바랐다. 그리고 종서가 언젠가 꼭 죽기를 바랐다. 종서의 안에 있는 고통이 영원히 지속되지 않길 바랐다.

강희는 아치문으로 천천히 다가갔다. 안으로 들어가면 강희는 지금의 모습을 잃게 될 것이다. 추측이 아니라 직감이었다. 머릿속에 흐릿하게 가족들의 얼굴이 떠올랐다가 사라졌다. 할머니의 검버섯 핀 손등만 선명했다. 그리고 해진을 떠올렸다. 해진을 여기에 꼭 한번 데려오고 싶었고, 실제로 그러려고도 했다. 그것이 이렇게 갑자기 죽음으로의 여정을 시작하지 않았다면, 지금 강희의 곁에 해진이 있었을지도 몰랐다. 하지만 애초에 이곳에 해진을 데려오는 건 불가능한 일이라는 걸 강희는 이제 알았다.

강희는 검지를 천천히 쓸어보았다. 손끝에 해진의 그림이 여전히 묻어 있었다. 이 그림을 영원히 남길 수 있다는 사실은 조금 좋았다. 강희는 늘 아득바득 살아내는 해진의 꿋꿋함과 꾸준함도 좋아했지만, 한편으로는 해진이 엄한 것에 한눈팔았으면 했다. 살면서 쓸모없고 아름다운 것을 더 많이 보았으면 했다. 물론 이런 말을 해진은 싫어할 테지만.

넌 죽는 게 아니라 영생을 얻는 거야.

그것이 불쑥 말했다. 강희가 유언을 늘어놓고 있다고 생각한 모양이었다. 강희는 웃으며 대꾸했다.

나한테는 둘 다 똑같아.

강희는 아치문 안으로 천천히 발걸음을 옮겼다.

하얀빛이 기다렸다는 듯 강희를 향해 쏟아졌다. 강희는 시야가 빛에 익숙해질 때까지 잠시 눈을 감고 있다가 천천히 떴다. 바닥도 벽도 천장도 모두 새하얀 풍경이 펼쳐졌다. 건물 한가운데엔 하얀색 디딤판이 나선을 이루며 위로 솟아 있었다. 꼭 척추뼈 같다고 강희는 생각했다. 계단은 꼭대기에 있는 타원형 창문으로 이어졌다. 거대한 생물의 몸 안에 들어와 있는 것 같았다. 정확히는 죽은 몸 안에 들어와 있는 것이었지만.

이쪽이야.

그것이 강희를 이끌었다. 강희는 그것을 두 손으로 쥐고 천천히 건물을 가로질렀다. 모든 소리를 빨아들이기라도 하듯 강희의 발소리조차 들리지 않았다. 강희는 하얀 벽 앞에 섰다. 자세히 살펴보니 벽도 바닥도 천장도 모두 그것으로 이루어져 있었다. 하얗고 작은 돌의 집합체. 강희는 한 손으로 벽을 더듬어 빈자리를 찾았다. 뼈와 뼈가 닿는 느낌. 강희의 손이 구석에서 멎었다. 강희는 그것에게 이마를 맞대고 마지막 인사를 건넸다.

여기까지 오느라 수고했어.

강희는 그것을 하얀 벽 속으로 밀어 넣었다. 그

것은 소리도 없이 스며들어 사라졌다. 마치 물방울이 웅덩이로 스며들 듯이. 주변은 끔찍하게 조용했다. 영생이라는 단어가 그제야 강희에게 찾아왔다. 이제 강희는 이곳에서 누군가 가져오는 그것을 받고 그 죽음을 도와야 했다. 언젠가 종서도 이곳을 찾아오겠지. 강희는 짐작했다. 종서에게도 아직 그것이 하나 남아 있으니. 하지만 종서는 이미 한 번의 실수를 저질렀기에 영생을 얻지는 못할 것이다.

　　강희는 계단을 향해 걸었다. 난간 없이 디딤판으로만 이루어진 계단이라 주의가 필요할 것 같았다. 강희는 신발과 양말을 벗고 맨발로 디딤판을 디뎠다. 차가웠다. 한 계단씩 오를수록 바닥이 멀어졌다. 영생을 산다면, 강희는 지금의 모습으로 남고 싶진 않았다. 되도록 모든 것과 멀어지고 싶었다. 강희는 순간 발을 헛디뎌 넘어질 뻔했으나 간신히 다시 균형을 잡았다. 마지막 계단까지 오르자 공중에 떠 있는 기분이 들었다. 강희는 고개를 들어 타원형 창문을 바라보았다. 창문에 닿기까지 계단이 한 칸 부족했다. 강희가 선 곳에서는 새카만 어둠밖에 보이지 않았다. 꼭 새카만 눈동자가 창문에 눈을 대고 강희를 들여다보고 있는 것 같왔다.

강희는 창문을 향해 손을 뻗었다. 강희의 손끝이 창문에 닿을 듯 닿지 않았다.

찻잔 뒤집기

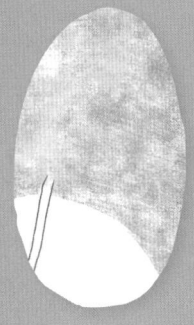

이름이 뭐야?

내가 묻자 여자아이는 핸드폰에서 눈을 떼지 않은 채로 "주솔아, 여섯 살"이라고 대답했다. 솔아의 기계적인 목소리에 나도 모르게 웃음이 나왔다. 이름과 나이를 말하는 데 지친 듯한 눈치였다. 솔아의 핸드폰에서 여자의 웃음소리가 들려왔다. 슬쩍 들여다보니 화면 위로 요즘 유행하는 아동용 애니메이션이 한창이었다. 주인공의 거대한 눈동자가 별빛으로 반짝이자 솔아가 손뼉을 쳤다. 초능력을 쓰는 거야. 나는 흥미 없는 눈길로 애니메이션을 보았다. 주인공이 하얀색 빛을 뿜어내며 악당을 무찌르자 솔아가 웃으며 말했다.

나도 초능력 갖고 싶어요.

어떤 초능력?

솔아는 잠시 고민하더니 대답했다.

손에서 뭐든 나오는 능력. 내가 원하는 건 무엇이든, 다.

솔아가 작지만 곧게 뻗은 손바닥을 펼쳤다. 순간 나도 모르게 솔아가 종서의 손을 닮았나 생각했지만 이내 관두었다. 그날로부터 이십 년이나 지났는데도 종서의 손은 선명하게 기억났다. 대단하네. 나는 작게 중얼거리며 카페 카운터 쪽을 쳐다보았다. 종우와 종우의 아내 현림이 음료를 들고 이쪽으로 오고 있었다. 나는 자세를 고쳐 앉았다.

아줌마는요, 어떤 초능력 갖고 싶어요?

솔아가 뻗었던 손을 거둬가며 물었다. 생각해보지 못한 질문에 나는 어색하게 웃었다. 초능력이라. 오랜만에 들어보는 단어였다. 솔아가 눈을 빛내며 내 대답을 기다렸다.

음, 글쎄……

나는 가볍게 주먹을 쥐었다가 풀었다. 손가락이

제자리를 찾아갔다. 어떤 기억을 머릿속에서 완전히 지워버릴 수 있는 능력. 내겐 그게 필요했다. 하지만 입 밖으로 낼 수는 없었다. 내가 대답을 얼버무리고 있을 때, 다행히 종우와 현림이 테이블에 머그잔을 내려놓으며 솔아 곁에 앉았다.

　죄송해요, 애를 두고 오려고 했는데 여건이 안 돼서.

　종우가 내 쪽으로 머그잔 하나를 건네며 말했다. 솔아는 종우와 현림의 머그잔을 한 번 들여다보고는 다시 핸드폰으로 눈길을 돌렸다.

　괜찮아요. 잘 마실게요.

　나는 내 몫의 커피를 한 모금 마셨다. 현림이 가방에서 오렌지주스를 하나 꺼내 빨대를 꽂아 솔아에게 건넸다. 저 가방 안에 그게 있을까. 나는 머그잔을 두 손으로 꽉 쥐었다.

　솔아가 주스를 먹기 시작하자 그제야 현림과 종우도 잔을 들었다. 종우도 나도 쉬이 입을 열지 않았다. 현림 역시 마찬가지였다. 딱딱한 얼굴이 어딘가 화난 듯 보이기도 했다. 이런 자리에 나온 것 자체가 싫을지도 모르지. 주인공이 초능력을 부릴 때마다 도로롱 하는 효과음이 핸드폰에서 들려왔다.

종우는 종서와 남매라고 하기엔 닮은 구석이 하나도 없었다. 종서가 길게 뻗은 나무라면 종우는 짧고 굵게 자란 다육식물 같았다.

종서와 겨우 반나절을 보냈을 뿐인데. 정작 몇 년을 만나다 헤어진 연인의 얼굴은 이제 기억도 잘 나지 않는데, 종서에 대한 것은 잊히지도 않았다. 나이가 들수록 기억이 이상한 방식으로 몸 안에 쌓였다. 순서대로 층층이 쌓이는 게 아니라 소용돌이 모양으로 모든 게 뒤섞인 채, 규칙이나 상식을 모조리 무시한 채, 나도 어쩔 수 없는 방식으로 뒤섞여버려서는 예상치 못한 순간에 불쑥 나타나 나를 괴롭혔다.

누나가 평소 알고 지낸 사람은 거의 없었어요.

종우가 천천히 말을 이었다.

거의라기보단 아예 없었죠. 그래서 저희는 누나가, 음, 누구한테 뭔가를 남길 줄은 몰랐어요. 누나는 저나 부모님한테도 아무것도 남기지 않았거든요. 그런데…….

종우가 잠시 멈칫했다. 나를 뭐라고 불러야 할지 주저하는 듯 보였다.

그냥 제 이름으로 불러주세요.

네. 해진 씨 이름이 쓰여 있어서 다들 놀랐어요. 저희는 처음 들어보는 이름이었거든요. 그리고 핸드폰 번호와 주소가 여러 개 써 있었는데 그게 좀…….

종우의 얼굴이 살짝 일그러졌다.

제일 마지막에 쓰여 있었던 게 지금 해진 씨가 사는 곳의 주소와 핸드폰 번호가 맞다면, 아마 그 전에 쓰인 것들은…….

종서는 내가 집을 옮길 때마다 새 주소를 적어두었던 모양이었다. 아마 종서가 남긴 주소는 모두 내가 살던 집의 주소가 맞을 것이다. 종서가 그걸 어떻게 알아냈는지는 대강 짐작 가는 구석이 있었지만 구체적으로 알고 싶진 않았다.

이런 질문 불쾌하실 수 있지만.

종우가 내 눈을 똑바로 쳐다보며 말했다.

누나와 어떤 관계셨나요.

나는 종우의 눈을 피하지 않았다. 종우는 조금 피곤해 보이기도 했고 필사적으로 보이기도 했다. 오랫동안 이해할 수 없었던 사람을 이해하고 싶다는 열망과 그로 인해 자신의 삶이 영영 바뀌어버릴까 두려워하는 얼굴이었다. 나는 속으로 대꾸했다. 애초에 당신은 누나와 내가 어떤 관계였는지 궁금한 게 아니잖아요. 당신이 진짜 궁금한 건, 당신의 누나가 도대체 어떤 사람이었는지, 어디까지 가버린 건지, 적어도 당신이 이해할 수 있는 영역에 머물렀던 건지, 아니면 그 너머로 아예 가버린 건지가 궁금한 거잖아요. 허무맹랑한 생각이라며 평생을 밀어냈던 당신의 추측이 정말 맞는지 아닌지 확인하고 싶은 거잖아요. 나는 그 마음을 알고 있기에 종우의 질문에 더욱 대답할 수 없었다.

저는 종우 씨의 누나를 잘 몰라요. 딱 한 번 만난 게 전부고, 그것도 잠깐이었고요. 그 이후로 연락한 적도, 만난 적도 없어요.

누나와 만나서 뭘 했나요.

내 말이 끝나자마자 종우가 물었다. 절박해 보였다. 하지만 이 질문에 대답하려면 나는 그 이름을 입에 올려야 했다. 내가 오랫동안 있는 힘껏 밀어냈던 이름을. 나는 할 수 있는 만큼의 거짓을 섞어 대답했다.

차를 태워달라고 해서 잠시 태워줬어요. 마침 제가 가던 길이었거든요. 그런데 중간부터 서로 목적지가 달라져서 내려줬어요. 그게 전부예요.

그런데 왜…….

종우는 말을 마치지 못했다. 종서는 왜 내게 무언가를 남겼는가. 종우가 묻고 싶은 건 그거였다. 내가 종우의 연락을 받고 이 자리에 나오기로 결심한 이유는 딱 하나였다. 나는 종서라도 끝내고 싶었다. 어떻게 살아야 할지 알겠다 싶다가도 불쑥 어떤 이름이 떠오르면 나는 길을 잃었다. 순식간에 모든 게 낯설어졌다. 어디에도 다다르지 못하고, 누구와도 닿지 못할 것 같았다. 내가 완전히 헤어지지 못했기 때문에, 그 이름들과의 관계에 종지부를 찍지 못했기 때문에 이 괴로움엔 끝이 없었다. 내가 살아 있는 동안 계속, 어쩌면 내가 죽고 나서도 그 이름들이 나보다 더 오래 지속될 것 같았다. 핸드폰에 모르는 번호가 뜰 때마다 나는 두려웠고 동시에 기대했다. 이번엔 정말로 끝낼 수 있을까 싶었다.

종우의 전화는 그런 의미에서 반갑고 두려웠다. 종서가 내 핸드폰 번호를 알고 있었다는 사실보다 종서가 죽었다는 것에 놀랐다. 나는 종우에게 종서가 자살을 한 것인지 물었다. 침묵이 이어지자 그제야 내가 말실수를 했다는 걸 깨달았다.

아니요.

종서는 차 안에서 발견되었다고 했다. 부패하지도 않고 온전한 모습으로. 자살이나 타살의 흔적은 전혀 없었다. 사인은 심장마비. 종서의 나이가 오십팔 세라고 했으니 비교적 이르긴 해도 아주 의아한 죽음은 아니었다. 그럼에도 놀라웠다. 종서는 죽지 않을 것이라는 근거 없는 믿음이 있었으니까. 하지만 종서가 죽었다. 그렇다면…….

나는 종우에게 용건이 무엇이냐고 물었다. 종우는 종서가 내 앞으로 남긴 물건이 있다며 한번 만날 수 있을지 물었다. 나는 알겠다고 했다. 그게 지금 내가 이 자리에 나온 이유였다.

현림이 종우의 팔을 가볍게 두드렸다. 종우가 짧게 고개를 끄덕이고는 가방 속에 손을 넣었다. 순간 심장이 빠르게 뛰었다. 종우가 무엇을 꺼낼지, 보고 싶으면서도 보고 싶지 않았다. 종우는 상자를 꺼내 테이블 위에 올려놓았다. 십 센티미터가 조금 안 되는 높이의 종이 상자였다. 열어보라는 듯 종우가 상자를 내밀었으나 차마 그것에 손댈 수가 없었다. 결국 종우가 대신 상자를 열었다. 먼저 눈에 들어온 건 작은 쪽지였다. 건네받아 확인해보니 다섯 개의 주소와 세 개의 핸드폰 번호가 손 글씨로 쓰여 있었다. 종우의 말대로 주소 네 개와 핸드폰 번호 두 개는 줄이 죽죽 그어져 있었다. 맨 아래엔 내 이름이 쓰여 있었다. 정갈한 글씨체였다.

나머지는 직접 보시겠어요?

나는 상자 안을 들여다보았다. 종이로 된 완충재 아래에 무언가가 더 있었다. 나는 잠시 고민하다가 고개를 저었다. 종우가 완충재를 걷어내고 안에 들어 있던 것을 조심스레 꺼냈다. 그것이 모습을 드러내자 나도 모르게 숨을 참았다.

그게 뭐야?

솔아가 종우의 팔에 얼굴을 기대며 물었다. 현림이 위험하다며 솔아를 바로 앉혔다. 나는 멍하니 그것을 쳐다보았다. 주먹만 한 크기의 백자 찻잔이 테이블에 놓였다. 색도 모양도 흠간 데 없이 그대로였다. 의미를 알 수 없는 두 개의 구멍도 마찬가지였다.

이게 전부인가요?

내가 묻자 종우는 상자 안쪽을 들여다보고는 고개를 끄덕였다. 마음이 놓이면서도 동시에 가라앉았다. 하얀색 돌은 없었다. 나는 혹시나 하는 마음으로 찻잔 안을 슬쩍 들여다보았다. 미끄럼틀 같은 계단만 있을 뿐 하얀색 돌은 없었다.

누나가 이걸 왜 해진 씨에게 남겼을까요.

저도 잘은 모르겠지만…….

나는 말끝을 흐리며 그것을 두 손으로 쥐었다. 차가운 도자기의 촉감이 손바닥에 퍼졌다. 그것을 천천히 뒤집으려는 순간, 안쪽에 새겨진 숫자 여러 개가 눈에 들어왔다. 궁금증이 날카로운 칼처럼 내 안을 파고들었다. 나는 눈을 감고 찻잔을 뒤집었다.

이렇게 두는 게 맞을 거예요.

찻잔을 감싸고 있던 손을 거두자, 하얗고 둥근 건물이 솟았다. 솔아가 손뼉을 쳤다.

예쁘다. 요정 집 같아.

솔아의 말에 종우가 고개를 끄덕였지만 나는 그럴 수 없었다. 현림은 아무런 반응 없이 물끄러미 찻잔을 쳐다볼 뿐이었다.

가져가시겠어요?

나는 입을 몇 번이고 열었다가 닫았다. 내가 받지 않으면 이건 어떻게 되는 걸까. 잘은 몰라도 종서 곁으로 돌아갈 것 같았다. 그걸 끝이라고 할 수 있을까? 답은 쉽사리 나오지 않았다. 종서는 왜 이걸 깨버리지 않았을까. 아예 없애버릴 수도 있었을 텐데. 그런 식으로 끝을 맺을 수도 있었을 텐데. 머릿속에서 찻잔 안쪽에 새겨져 있던 숫자들이 떠올랐다.

받아주세요.

그때 종우가 내 손안에 찻잔을 쥐어주었다. 나는 깜짝 놀라 손을 떼려고 했으나 종우의 손은 쉽게 떨어져 나가지 않았다. 찻잔이 부서지지 않을 정도로만, 있는 힘껏 내 손을 쥐고 있었다.

누나가 하려던 일이 뭐였는지 이젠 아무도 몰라요. 그래도, 그중에 하나라도 끝날 수 있게 해주세요. 부탁드립니다.

종우가 고개를 숙였다. 끝이라는 단어에 나는 멈칫했다. 솔아가 종우를 빤히 쳐다보았다. 종우보다도 더 울 것 같은 표정이었다. 현림이 솔아의 어깨를 어루만졌다. 종서를 끝맺고 싶은 건 나뿐만이 아니었다. 만약 이 찻잔이 종서에게 돌아간다면 나에게도 종우에게도 끝은 없었다. 비단 이번만이 아니었다. 앞으로도 평생 없을 것이다. 하지만 내가 찻잔을 가져간다면. 나는 입술을 깨물었다. 그 끝이 어떤 모습으로 찾아오든, 내가 원하던 모습은 아닐 것이다. 그저 이상한 사람이었다고 치부하고 잊으면 될 텐데, 아무 일도 없었다는 듯 살아가면 될 텐데. 나는 왜 그게 안 될까. 평생을 내 안에 머물렀던 그 의문의 답을 이제 나는 알았다. 내가 그 이상함을 닮았기 때문이다. 내 안에도 종서 같은 이상함이, 이해받을 수 없음이 존재하기 때문이었다. 가끔은 그게 나를 살아가게 했다. 그게 문제였다. 나는 찻잔을 상자에 넣고 내 쪽으로 끌어왔다.

감사합니다.

종우가 울먹이며 내게 연신 인사했다. 현림이 종우의 팔을 가볍게 두드리며 말했다.

솔아 먹을 거 하나 사 올래?

종우가 솔아를 안고 카운터 쪽으로 갔다. 나는 상자를 쳐다보았다. 깨지지도 않고 지금까지 온전하다는 것이 조금 징그러웠다. 한편으로는 당연하다는 생각도 들었다. 그 손이 빚은 도자기가 깨지는 걸 한 번도 본 적 없었다. 스스로 깨지 않는다면 그 도자기들은 영원했다. 그게 나를 숨 막히게 했다.

해진 씨가 보기에.

현림의 목소리가 가라앉아 있었다.

종서 언니한테서 정신병적인 징후가 보였나요.

현림이 나를 똑바로 쳐다보며 물었다. 나는 그 눈에서 현림의 오랜 두려움을 읽었다. 종서의 무언가가 자신의 가족에게 영향을 끼칠까 불안한 마음. 여러 번 덧씌워져 이제는 단단한 돌처럼 굳어버린 공포.

아니요.

나와 현림은 솔아와 종우가 돌아올 때까지 말없이 기다렸다.

*

도자기를 받아 온 후 한 달 동안 매일 같은 꿈을 꿨다.

꿈속에서 나는 지금 내가 사는 집에 있다. 영목은 옆에서 자고 있다. 언제나 이불을 허리까지 차내고 자는 영목은 꿈속에서도 마찬가지다. 나는 그 옆에 누워 천장을 보고 있다. 창밖으로 간선도로를 달리는 차들의 헤드라이트 빛이 들어온다. 길게 늘어난 빛이 나선을 그리며 천장에 드리웠다가 사라진다. 꼭 누군가의 손길이 닿았다가 멀어지는 것 같다고, 꿈속의 나는 생각한다.

나와 영목이 누워 있는 이부자리 옆에는 옷장이 있다. 영목이 큰맘 먹고 산 떡갈나무 옷장이다. 밤마다 옷장 안에서 따닥따닥하는 알 수 없는 소리가 나서 나는 별로 좋아하지 않는다. 그리고 그 옷장 옆에,

문이 있다.

나는 여전히 천장을 보고 누워 있지만 문의 존재를 알고 있다. 처음에는 없었던 그 문은 언젠가 갑자기 생겼다. 정확히 말하면 문이라기보다 이 미터 높이의 아치형 구멍에 가깝다. 하지만 나는 저것을 문이라고 인식한다. 문은 얼핏 봐서는 잘 보이지 않는다. 뚫어져라 본다고 해서 잘 보이는 것도 아니다. 저 문은 곁눈질로 봐야만 보이는 문이다. 찰나의 시선에만 보이는 문이다. 벽에 드리웠다가 사라지는 하얀빛처럼, 흘러가는 시선으로 봐야만 보인다.

문 너머에 무엇이 있는지는 나도 모른다. 하지만 저 문이 어딘가로 통한다는 것만은 알고 있다. 어디로? 나는 스스로 묻는다. 나도 모른다. 영목이 내 쪽으로 돌아눕는다. 새치가 돋은 희끗한 정수리가 나를 향한다. 나는 곁눈질로 문을 본다. 문에서 흘러나온 빛이 실타래처럼 풀어지고 있다. 눈처럼 희다. 빛은 아무 말

도 하지 않는다. 이리로 오라고 부르지도 않는다. 그저 거기 있다.

꿈속에서 아침이 될 때면 눈이 뜨였다. 그러면 항상 꿈 밖에도 아침이 와 있었다. 내 쪽으로 돌아누운 채 잠이 든 영목에게 나는 이불을 다시 덮어주었다. 문이 있던 자리에는 누런색의 벽지가 발라진 벽이 있을 뿐이었다. 곁눈질로 보아도 마찬가지였다. 그곳엔 아무것도 없었다. 옷장이 따닥따닥 소리를 내면 나는 자리에서 일어나 출근 준비를 했다. 일주일까진 괜찮았다. 도자기를 받아 온 이상 어떤 일이 일어나리라고 예상했으니까. 그러나 이후부터는 시도 때도 없이 화가 났다. 꿈을 조금이라도 바꾸어보려고 꿈속에서 몸을 뒤척였으나 꼭 내 것이 아닌 것처럼 움직이지 않았다. 나는 시선으로만 존재하는 것 같았다. 내가 꾸는 꿈인데도 아무것도 할 수 없다는 사실에 제일 화가 났다.

꿈에서 깨면 나는 어이없는 이유로 영목과 자주 다퉜다. 영목과 함께 산 칠 년 동안 이렇게 자주 싸운 건 처음이었다. 잠들기 전 영목에게 제발 이불을 차내지 말라고, 내 쪽을 보면서 자지 말라고 화를 냈다. 영목은 그건 자기가 어떻게 할 수 있는 일이 아니라며 억울

해했다. 아침에 일어나면 영목과 내가 번갈아 서로에게 사과했다. 하루는 영목이, 다음 날은 내가 사과하는 식이었다. 그럼에도 매일 아침마다 꿈속에서와 똑같이 이불을 차낸 채 나를 보며 잠든 영목을 마주했다.

　　보름이 지나면서부터 나는 두려워졌다. 꿈의 주인은 아무래도 내가 아니었다. 아치형 문이 꿈의 주인이었다. 마치 그 문이 나와 영목이 나오는 꿈을 꾸고 있는 것처럼, 나는 어떠한 선택권도 없이 정해진 행동만 할 수 있었다. 그저 문과 방과 영목을 바라보기. 그게 내가 할 수 있는 전부였다. 그럼에도 생각만큼은 가능해서 나는 똑같은 풍경을 바라보며 여기서 깨어나야 한다고, 이제 정말 나가야 한다고 생각했다. 하지만 아침이 오기 전까지 그 꿈에서 빠져나올 수 없는 건 여전했다. 진이 빠진 채로 눈을 뜨면 꿈속과 똑같은 자세로 잠든 영목이 보였다. 꿈과 현실의 경계가 확실했으면 좋겠는데, 영목의 잠든 모습이 그 경계를 더욱 흐릿하게 만들었다.

　　거실에서 자는 날이 많아졌다. 하지만 영목의 옆이 아니면 잠이 오지 않았다. 그러다 영목과 함께 자면 어김없이 같은 꿈을 꾸었다. 나는 이불을 반쯤 차낸 채, 나를 보며 잠든 영목의 어깨를 때렸다.

제발 한 번만이라도 좋으니까 다르게 자봐.

소리치는 내 목소리가 자꾸 뒤집어졌다. 울음을 참으려고 했지만 그럴 수가 없었다. 영목은 멍한 얼굴로 내 주먹을 맞았다. 그날 이후 영목은 밤새 뒤척이며 잠을 이루지 못했다. 자세와 이불을 신경 쓰느라 자주 잠에서 깼다. 그때마다 나도 잠에서 깼다. 꿈은 뚝 뚝 끊어진 채로 이어졌다. 아침이 오면 내 눈길을 느끼고 잠에서 깬 영목이 말했다.

죽을 것 같아.

그 말을 뱉자마자 영목이 눈을 크게 떴다. 자기가 한 말에 스스로 놀란 것 같았다. 영목은 어떤 말을 하려다가 그만두고, 하려다가 그만두었다. 나는 자리에서 일어나 가방을 들고 방으로 돌아왔다. 종우를 만나고 온 뒤 한 번도 열지 않았다. 상자 속에서 종이 완충재를 걷어내자 찻잔이 드러났다.

그게 뭐야?

영목이 얼빠진 목소리로 물었다. 나는 찻잔을 꺼내 있는 힘껏 벽을 향해 던졌다. 찻잔은 꿈속에서 문이 있던 위치에 부딪치더니 바닥으로 떨어졌다. 영목이 놀라서 상체를 일으켰다. 백자 찻잔이 온전한 모습으로 바닥에 뒹굴고 있었다. 역시나 깨지지 않았다. 지긋지긋했다. 영목이 내 이름을 부르는 소리가 들렸지만 나는 대꾸하지 않았다. 나는 찻잔을 들어 안쪽을 들여다보았다. 작은 계단과 의미 모를 숫자들이 여전히 그 안에 있었다. 찻잔 안쪽을 뱀처럼 타고 올라가듯 새겨진 숫자들을 계속 보고 있자니 그것들이 머릿속에서 여러 조합으로 뭉쳐졌다가 흩어졌다. 궁금증이 바늘처럼 속을 휘젓는 동안 숫자들이 천천히 제자리를 찾아갔다.

좌표야.

나는 영목을 쳐다보며 말했다.

이 숫자들, 좌표였어.

나도 모르게 웃음이 나왔다. 아마 지도 애플리케이션에 좌표를 입력하면 어딘가를 가리키고 있을 테다. 찻잔의 원본이 있는 곳. 종서가 죽을 때까지도 날 잊지 않았다는 것에 새삼 화가 났다. 대체 날 끌어들여서 뭘 어쩌겠다는 건지 이해할 수 없었다.

이십 년 전, 가마 공방에서 나는 종서에게 분명하게 말했다. 난 여기까지만 하겠다고, 내가 알고 싶은 건 딱 여기까지라고. 강희의 마지막 도자기를 찾는 것.

강희가 그토록 목메던 재미라는 게 뭔지 두 눈으로 확인하는 것, 그게 전부였다. 그런데 왜 내게 다시 그 이름을 떠올리게 하는 걸까. 어디서 웅얼거리는 소리가 들려 고개를 드니 영목이 무어라 중얼거리고 있었다.

뭐?

영목이 잠긴 목소리로 말했다.

너 미친 사람 같아.

창밖으로 햇빛이 들어와 내 얼굴을 반으로 갈랐다. 영목의 얼굴은 역광이라 잘 보이지 않았다. 문득 영목과 내가 완전히 다른 곳에 있는 것처럼 느껴졌다. 강희야. 나는 속으로 그 이름을 불렀다. 내게서 삶이라는 단어까지 가져가버릴 거야? 나는 주먹을 꽉 쥐었다. 손톱이 손바닥을 파고들어 아팠다.

오래전에 사라진 친구가 있어.

나는 보이지 않는 영목의 얼굴을 보며 말했다. 쥐었던 주먹을 천천히 풀자 손가락이 제자리를 찾아갔다. 이것만으로도 안심이 될 때가 있었다.

잠깐 만나러 갔다 올게.

　　강희가 대학생일 때 그렸던 벽화를 본 적이 있다. 그 당시 나는 아마 부천에 있던 회사에 다니고 있었을 것이다. 기독교 소속 비영리법인이 설립한 회사였는데, 지역 교회에 전도 물품을 무상으로 제공하는 일을 주로 했다. 전도 물품이라고 해봐야 유통기한이 얼마 남지 않았거나 상품 가치가 떨어져 판매할 수 없는 물건들로, 건빵이나 물티슈, 마스크팩, 휴지 등이 전부였다. 물품이 들어오면 나는 가장 먼저 내 몫을 챙겼다. 아침마다 푸석푸석한 건빵을 씹었고 낮부터 저녁까지는 전도 물품에 교회 전화번호나 성경 문구가 적힌 스티커를 붙이다가 밤이 되면 얼굴에 마스크팩을 붙이고 잠들었다.

　　왜 자신의 교회에는 전도 물품을 한 번도 보내주지 않냐며 항의하는 사람들을 상대해야 한다는 것만 빼면 일은 어렵지 않았다. 다만 종교를 믿는 척하는 건 조금 힘들었다. 사장은 어느 때고 내게 불쑥 성경 구절을 물어왔다.

　　이사야서 41:10을 읊어봐. 저번에 건빵에 붙인

성경 말씀이 뭐였지, 내가 가장 좋아하는 구절 말해봐.

내 대답이 맞을 때도, 틀릴 때도 있었다. 하지만 사장은 내가 어떤 대답을 하든 의심하는 눈초리로 나를 흘겨보았다.

안 믿는 사람보다 더 나쁜 게 나이롱이다, 너. 자기가 불행하고 불리할 때만 예수님 찾잖아.

처음엔 나이롱이 무슨 뜻인지 몰라서 그냥 웃었지만, 뜻을 알고 난 후로 사장이 나를 의심할 때마다 웃음을 참았다. 내겐 늘어났다가 줄어들 만큼의 믿음이 처음부터 없었으니까.

나이롱은 자기가 필요할 때만 예수님을 찾아. 자기가 불행하고 불리할 때만. 그게 진짜 나쁜 거야.

사장은 나쁘다는 말을 몇 번이고 강조했다. 마치 그 말로 나를 겁주기라도 할 것처럼. 오히려 그런 말로 사람을 겁주려는 사장이 우스웠다. 말은 하나도 무섭지 않았다. 하지만 돈은 무서웠다. 이후에 사장이 매주 교회를 가지 않으면 월급을 줄이겠다고 해서 나는 강희가 다니던 교회를 잠깐 따라다녔다.

강희의 엄마를 처음 본 건 그 교회에서였다. 나는 지금껏 강희의 엄마를 본 적 없었다. 두 사람이 너무 닮아서 나는 내심 놀랐다. 얇은 눈썹과 아래로 내려간 눈꼬리, 둥근 코까지 똑같았다. 다른 점이라고는 입술 두께 정도였는데, 언젠가 강희가 화장을 한다면 저런 얼굴이 될 것 같았다. 강희가 나를 친구라고 소개했다. 강희의 엄마가 입은 버건디 색 재킷에 달린 단추가 교회 로비의 조명을 반사해 눈이 부셨다.

집이 멀 텐데.

강희의 엄마는 그렇게 말하며 웃었다. 나는 내가 사는 곳을 말한 적이 없었다. 다만 교회가 서울 한복판에 있었고, 강희의 엄마는 나를 잠시 훑어보는 것만으로도 내가 서울에 살고 있지 않음을 알아차렸다. 그 눈빛과 말속엔 이곳이 내게 어울리지 않는다거나 오래 다니지도 않을 거면서 왜 왔는지, 무엇이 필요해서 왔는지 따위의 뜻이 있었지만 기분 나쁘지 않았다. 강희의 엄마가 하는 말이 모두 맞았으니까. 나는 이곳에 어울리지 않았고, 그저 월급이 필요해 왔을 뿐이며 오래 다닐 생각은 더더욱 없었다. 강희의 엄마가 예배당 안으로 들어간 뒤 강희가 내게 사과를 하자 그건 좀 기분이 나빴다. 예배가 진행되는 동안 강희는 계속 내 눈치를 살폈다. 나는 괜히 높은 천장과 거대한 십자가 따위를 멀거니 쳐다보았다.

목사가 기도문을 읊자 다들 고개를 숙이며 기도를 시작했다. 일제히 숙여지는 뒤통수들 사이에서도 강희는 고개를 꼿꼿이 든 채로 나를 보았다. 나는 예배당 어딘가에서 강희의 엄마가 강희를 발견하고 꾸짖을까 조금 두려웠지만 티 내진 않았다.

각자의 목소리와 속도로 기도문을 읊는 웅성거림이 예배당을 가득 채웠다. 내밀한 소망을 소리 내어 말할 수 있다는 게 부러웠다. 나는 늘 그게 어려웠다. 원하는 걸 입 밖으로 말하면 누군가 훔쳐 가거나 망쳐버릴 것 같아 두려웠다. 나는 두 손을 모은 채 눈을 감았다. 불행하고 불리할 때만 신을 찾는 게 뭐가 나빠. 나는 기도 대신, 사장의 말에 뒤늦게 말대꾸를 했다. 불행하고 불리할 때야말로 신이 있어야 할 때였다. 그럴 때 모습을 드러내지 않는 것이야말로 진짜 나쁜 거였다.

눈을 뜨자 강희가 여전히 나를 처다보고 있었다. 나는 괜히 부끄러워서 강희에게 앞을 보라고 말했지만 강희는 꿈쩍하지 않았다. 뒤에서부터 누군가 헌금을 걷기 시작할 때 강희가 내 손을 잡았다.

나가자, 재미있는 거 보여줄게.

나는 내키지 않는 척하며 강희의 손을 따라 예배당을 빠져나왔다. 강희는 교회 뒷마당으로 나를 이끌었다. 뒷마당 담벼락에 벽화가 그려져 있었다. 강희는 나를 그 앞에 세워두고 기다리라고 하더니 어딘가로 가버렸다. 약 오 미터 길이의 벽화는 온통 양뿐이었다. 푸른 초원 위에서 양들은 한곳을 향해 걸어가고 있었다. 채색까지 끝난 걸로 보아 오랜 시간을 들여 강희 혼자 그린 것 같았다.

양들이 향하는 곳에 햇빛이 십자가 모양으로 쏟아졌다. 나는 양들을 거슬러 담벼락 끝으로 걸었다. 양들은 그저 태양을 향해 걸을 뿐 하나같이 표정이 없었다. 이상한 점은 양을 모는 사람이 없다는 것이었다. 나는 별 감흥 없이 걷다가 무리 끝 쪽에 있는 양 두 마리 앞에 멈춰 섰다. 몸집도 작고, 다른 양들에게 가려져 있어 잘 보이지 않았지만 나는 단번에 알아보았다. 두 마리의 양은 반대쪽으로 걷고 있었다. 햇빛이 아닌, 그들이 떠나온 쪽으로. 두 마리의 양은 괴로운 표정을 하고 있었다. 그림 속에서 오직 두 마리의 양만 진짜 강희의 그림 같았다. 마치 오래전에 그린 것처럼 흐릿한 색감과 심술이라도 부리듯 의도를 빗겨나간 그림. 강희의 재미는 그런 데서 나왔다. 두 마리의 양이 향하는 곳은 빈 벽에 금이 가 있을 뿐, 아무것도 없었다.

찾았네.

강희가 나를 보고 웃고 있었다. 어딘가 쑥스러워 보이는 얼굴이었다. 나는 빈 벽을 가리켰다.

왜 그리다가 말았어?

너랑 그리려고.

강희가 붓과 페인트 통을 내밀었다. 나는 얼결에 그것들을 받았다.

내가 교회에 온다는 말 안 했으면 계속 저대로 놔뒀을 거야?

내 물음에 강희가 살짝 인상을 찌푸렸다.

언젠가 꼭 올 것 같았어.

내가? 왜?

강희는 어깨를 으쓱이고는 빈 벽을 향해 가 섰다. 두 마리의 양과 오십 센티미터 정도 떨어진 곳이었다. 강희가 나를 돌아보며 물었다.

뭘 그릴까?

내가 어떻게 알아? 네 그림이잖아, 난 안 그릴 거야.

내가 붓을 내려놓자 강희가 내 팔을 잡고 흔들었다.

그러지 말고 같이 그리자.

싫어.

나는 벽에서 몇 걸음 뒤로 물러섰다. 강희는 여전히 내 팔을 흔들며 내 얼굴을 들여다보았다. 강희가 미안할 때마다 하는 행동이었다. 나는 이미 화가 풀렸지만 아직 강희에게 그걸 알려주고 싶지는 않았다. 강희가 손을 천천히 놓았다. 강희와 나 사이에 침묵이 맴돌았다. 나는 괜히 벽화를 죽 훑어보며 혼잣말하듯 물었다.

근데 왜 저 두 마리만 반대로 가?

강희가 기다렸다는 듯 대답했다.

저 두 마리만 원하는 게 다르거든.

뭘 원하는데?

음…….

강희는 말을 흐리더니 다시 내게 물었다.

넌 뭘 원해?

돈.

왜?

일하고 싶지 않아.

왜?

힘드니까.

강희가 천천히 고개를 끄덕였다. 넌 그런 거 모르지. 나도 모르게 그런 말이 나올 것 같아 얼른 입을 다물었다. 하지만 강희는 내 표정에서 이미 그 말을 읽은 듯했다. 내가 눈치를 살피자 강희가 멋쩍게 웃었다. 어색한 침묵 끝에 이번엔 내가 물었다.

넌 뭘 원하는데?

난 아예 다른 게 되고 싶어.

그게 뭔데?

지금 내가 가진 모든 것과 아예 다른 거. 몸이랑 얼굴이랑 그냥 이런 거 전부. 아무것도 닮지 않고 그냥 아예 다른 걸로 변하고 싶어.

강희가 자기 몸 여기저기를 가볍게 주물렀다. 마치 당장이라도 떼어낼 수 있는 반죽인 것처럼. 나는 고개를 갸웃했다.

인간 말고 아예 다른 존재가 되고 싶다는 거야?

강희가 어깨를 으쓱이면서 붓으로 페인트 통 안을 능숙하게 휘저었다. 나는 흙바닥을 발로 한 번 슥 문지른 뒤 쪼그려 앉았다. 강희가 하는 말이 무슨 뜻인지 나는 어렴풋이 알았다. 강희는 부모를 닮고 싶지 않아 했다. 하지만 그건 강희가 어쩔 수 없는 일이었고, 강희는 이미 부모가 가진 것을 착실히 누려왔다. 그런 것들이 지금의 강희를 만들었다. 겨우 가족과 헤어지자고 아예 다른 것으로 변하고 싶다는 건 비겁한 생각이었다. 그들과 연을 끊고 남처럼 살 용기가 강희에겐 없다는 것이니깐.

근데 왜 두 마리야?

벽에 페인트칠을 하던 강희가 생각지도 못한 질문을 받은 표정을 보였다. 나는 이미 질문의 대답을 알았다. 저 양들은 나와 강희니까. 하지만 나는 굳이 물었고, 그것만으로 강희의 가정을 거부했다. 나는 강희가 원하는 곳으로 함께 갈 마음이 없었다. 그게 어디든 간에. 강희는 다시 고개를 숙인 채 페인트를 휘저었다. 붓에 충분히 페인트가 묻었는데도 붓을 빼지 않았다. 나는 금이 간 벽을 올려다보았다. 강희가 무엇을 그리든지 저 금이 그림을 망칠 게 뻔했다. 중앙으로 갈수록 금이 간 너비가 넓어져서 꼭 작은 구멍 같았다.

언젠가.

강희가 천천히 고개를 들며 말을 이었다.

너랑 같이 일하고 싶어. 너의 시간을 적당히 빼앗으면서. 힘들지 않을 만큼만 일하면서. 네가 할 수 있는 일과 내가 할 수 있는 일을 적당히 섞어서. 그래서 우리 둘 다 각자가 원하는 걸 얻을 수 있는 그런 재미있는 일을 하고 싶어.

강희는 붓을 내려놓으며 손을 툭툭 털었다.

그림 안 그려?

내가 묻자 강희는 고개를 끄덕였다.

그럼 쟤네는 어디로 가?

내가 양 두 마리를 가리키며 말했다.

어디든 가겠지.

강희는 이제 밥을 먹으러 가자고 내 손을 이끌었다. 나는 양 두 마리가 향하고 있는 곳을 쳐다보았다. 양들은 갈라진 금을 향해 가고 있었다. 불균형하게 갈라진 작은 구멍 속으로. 나는 그게 못내 신경 쓰였지만 그보다 배가 고팠다.

그 후 강희는 나를 뒷마당으로 데려가지 않았다. 그렇다고 내가 먼저 가자고 말하지도 않았다. 뒷마당에서 벽화를 보았던 일은 자연스레 없었던 일이 됐다. 나는 얼마 안 가 직장을 그만두었다. 일요일마다 교회에 가는 것보다 단기 아르바이트를 하는 게 더 이득이었으므로 돈을 더 많이 벌 수 있는 일을 택하는 건 당연했다. 사장은 퇴사 날에 내게 돌로 된 십자가를 선물로 주었다.

어디에 가든 거짓으로 살지 마라.

내가 신자가 아니라는 걸 이미 알고 있는 듯 했지만 나는 말없이 십자가를 받았다. 그리고 지하철 역사 쓰레기통에 버렸다. 사장 몰래 훔쳐 나온 물티슈와 휴지, 과자 따위로 가방이 너무 무거워서 어쩔 수 없었다.

새로운 회사로 옮기고 얼마 있지 않아, 대학을 졸업한 강희가 공방을 차렸고 나는 강희와 함께 일을 시작했다. 나는 간간이 벽화를 떠올렸고 강희가 그걸 완성했을지 궁금했지만 묻지는 않았다. 아마 내가 물었어도 강희는 모른다고 했을 것이다. 자기는 그 일을 완전히 잊어버렸다는 듯이, 넌 왜 그런 걸 아직도 기억하고 있냐는 듯이, 맑은 눈으로 나를 쳐다보면서.

나는 차 룸미러에 달린 작은 십자가를 쳐다보았다. 매번 보던 것이었지만 새삼스러웠다. 영목이 차를 샀을 때 영목의 어머니가 선물로 준 것이랬다. 영목은 종교를 믿지 않았지만, 그래도 없는 것보다는 있는 게 낫지 않겠냐며 십자가를 떼지 않았다.

　나는 운전대를 고쳐 잡았다. 몇 시간째 같은 풍경 속을 달리자니 머릿속이 천천히 비워졌다. 네 시간이 넘었던 도착 예정 시간이 어느새 삼십 분 남짓으로 줄어 있었다. 종서가 도자기 안에 새겨놓은 숫자들은 나를 외진 지역에 있는 산간 도로로 이끌었다. 경로 안내는 도로 한가운데에서 끊겨 있었지만 나는 그곳에서부터 길이 시작되리라고 짐작했다.

　목적지가 가까워질수록 마음이 가라앉았다. 차를 돌리고 싶다는 충동도 이젠 들지 않았다. 한동안 잊고 지냈던 운전의 재미가 서서히 돌아왔다. 영목과 함께 지낸 후로 운전은 대부분 영목의 몫이었다. 내가 운전에 더 능숙한데도 그랬다. 이유는 간단했다. 내가 운전을 하는 동안 아무것도 하지 않기 때문에. 라디오도, 음악도 듣지 않았고 전화도 받지 않았다. 영목이 말을 걸어도 나는 아무 대꾸도 하지 않았다.

　운전하는 동안엔 삶이 단순하고 간결해졌다. 실타래처럼 꼬여 있던 일상과 관계가 내게서 떨어져 나갔다. 나조차도 내게서 멀어졌다. 남은 거라곤 오로지 숫자들로 이루어진 목적지뿐이었다. 불균형하게 갈라진 작은 구멍. 강희의 벽화. 꿈속의 아치문. 그것들이 나를 왜 그토록 신경 쓰이게 했는지 이제 조금 알 것 같았다. 그것들은 내게 다른 선택지가 있음을 전하고 있던 게 아닐까? 삶 말고 아예 다른 선택지. 이전으로는 돌아갈 수 없을 지도 몰라. 나는 숨을 깊게 들이마시고 액셀을 밟았다.

*

갓길에 차를 세웠다. 예상했던 대로 아무것도 없었다. 이차선의 산간 도로와 좁은 갓길, 맞은편에 있는 돌담과 산이 전부였다. 하지만 분명 여기가 시작이었다. 나는 차에서 내려 점퍼 주머니에 손을 넣었다. 강희의 도자기가 만져졌다. 산을 빙 둘러 이어지는 이차선도로는 그 끝이 보이지 않았다. 나는 맞은편으로 고개를 돌렸다. 돌담 너머 산과 이어지는 언덕이 보였다. 이차선을 건너 돌담 위로 올랐다.

방향을 어떻게 잡아야 할지 몰라 잠시 헤맸다.

강희라면 무엇을 보고 돌담을 올랐을까. 나는 흙바닥을 살펴보았다. 도자기와 닮은 것을 찾는데 돌들이 눈에 들어왔다. 모양과 크기는 제각각이지만 묘하게 방향을 나타내듯 이어지고 있었다. 나는 그 돌들을 쫓아 언덕을 올랐다. 언덕은 점차 가팔라지더니 산으로 이어졌다. 나무와 풀을 헤치며 길을 오르는 동안 나는 아무 생각도 하지 않았다. 그저 돌을 찾는 일에만 집중했다. 내가 두고 온 모든 것이 내게서 멀어졌다.

엎드려서 올라야 할 만큼 경사가 높았던 길이 다시 조금씩 평탄해졌다. 해가 지면서 노을이 드리웠다. 그림자가 한방향으로 길어졌다. 발끝에서 내 안의 무언가가 새어 나오는 것처럼 보였다. 위로 올라갈수록 숨이 찼다. 주변은 끔찍하게 조용했다. 새소리도 바람 소리도 들리지 않았다. 나는 멈춰 서서 걸어온 길을 내려다보았다. 누군가가 끊임없는 붓질로 내 발자국을 지우기라도 한 것처럼, 내가 지나온 흔적이 전혀 보이지 않았다. 돌아갈 땐 어떻게 해야 하지? 길을 잃은 것 같다는 생각이 들면 나는 점퍼 주머니에 손을 넣어 강희의 도자기를 만졌다. 처음엔 얼음처럼 차가웠지만 가만히 쥐고 있으면 내 체온이 옮겨가 서서히 미지근해졌다. 그게 꽤 도움이 되었다.

　숨을 깊게 들이마시고 고개를 들었다. 저 끝에 하얀색 돌이 눈에 들어왔다. 해가 져서 주변이 어둑한데도 그 돌만큼은 하얗게 빛났다. 마치 어둠 속에서 누군가와 눈이 마주친 것 같았다. 가라앉았던 마음이 순간 움찔했다. 나는 다시 발걸음을 옮겼다. 하얀 돌을 밟고 서자, 우거진 나무와 풀 사이로 그것이 보였다.

　강희의 도자기.

　선물과 비밀과 재미로 빚어진 거대한 백자.

　모든 쓸모를 뒤집어버리는 이상한 모양새로 형형하게 빛나고 있었다. 나는 잠시 넋을 잃고 그것을 바라보았다. 족히 십 미터는 돼 보이는 높이에 숨을 삼켰다. 꿈속에서 보았던 아치형 문이 나를 맞이하듯 서 있고, 건물 꼭대기에는 타원형의 작은 창문이 뚫려 있었다. 강희의 도자기와 똑 닮은 모습이었다. 나는 주변에 있는 나무를 손으로 짚어가며 그것에 다가갔다. 아치형 문은 가까워질수록 점점 높아지더니, 그 앞에 설 때쯤엔 이 미터가 훌쩍 넘어 보였다. 문 안쪽과 바깥은 하얀색으로 빛났다. 꿈속에서 보았던 모습 그대로였다. 나는 천천히 그 안으로 들어갔다.

순간 눈이 부셔 아무것도 보이지 않았다. 내가 중심을 잃고 휘청이자 무언가가 내 팔을 잡았다. 처음엔 갈고리인가 했는데 점차 시야가 돌아오고 얇고 긴 하얀색 손가락이 보였다. 나는 내 팔을 잡은 손가락을 따라 시선을 옮겼다. 길고 하얀 무언가가 나를 내려다보고 있었다. 뼈로만 이루어진 생물 같았다. 놀라서 뒤로 물러서려 하자 손가락이 내 팔을 놓고 스스로 물러났다. 기이한 모습이었지만 이상하게 두렵지 않았다. 생각하기도 전에 입이 움직였다.

강희야.

강희는 조금씩 몸을 안으로 굽혀 무언가로 변해갔다. 보이지 않는 손이 새하얀 점토를 주무르는 것처럼 보였다. 움직임이 끝나자 강희는 새하얀 도자기로 만들어진 사람의 형상이 되었다. 머리카락도 눈동자도 손톱도 발톱도 모조리 하앴다. 강희가 몸집을 서서히 줄이자 내 키와 똑같아졌다. 강희의 손가락이 조심스럽게 내 팔에 닿았다.

해진아.

강희의 목소리는 내 피부 안쪽에서 들려왔다. 강희의 어깨 너머로 나선형 계단이 보였다. 건물 한가운데에 하얀색의 디딤판이 타원형 창문을 향해 솟아 있었다. 강희는 전혀 늙지 않은 얼굴로 나를 마주 보았다. 꼭 하얀 석상을 보고 있는 것 같았다.

종서 언니가 이곳을 알려줬구나.

강희의 목소리가 울려왔다. 고개를 끄덕이려고 했지만 몸이 마음대로 움직이지 않았다. 강희의 눈동자에서 내가 둥글게 비쳐 보였다. 강희야. 대체 어디까지 간 거야. 나는 속으로 말을 속삭였다. 강희는 정말 아예 다른 무언가가 된 것처럼 보였다. 강희가 닮았던 모든 것으로부터 완전히 멀어진, 아예 다른 무언가. 그 말은 강희가 원하던 걸 결국 이루었다는 뜻이기도 했다. 나는 강희가 말했던 모든 것에 나도 포함되어 있었다는 걸 이제야 깨달았다.

대체…….

강희를 탓하지 않으려고 했지만 뜻대로 되지 않았다. 표정과 목소리를 제어할 수 없었다. 강희의 이목구비가 퍼즐 조각처럼 슬쩍 자리를 바꾸더니 딱 들어맞았다. 강희는 미소 짓고 있었다. 그게 더욱 견딜 수 없었다.

대체 왜 이렇게까지 하는 거야? 너한테는 선택

지가 많았잖아. 뭐든 할 수 있었잖아. 근데 왜 이렇게 전부를 포기하고 이런, 이런 모습으로, 왜…….

나는 내 방식대로 강희의 모습을 설명하려고 했지만 자꾸 실패했다. 강희는 내가 끝맺지 못한 질문에 대답하는 대신 어떤 장면들을 보여주었다. 어둠 속에서 작고 하얀 타원형의 돌들이 한방향으로 날아왔다. 한참을 그렇게 날다가 포물선을 그리더니 바닥에 떨어졌다. 돌들은 흙바닥을 오랫동안 굴렀다. 비가 오면 비를 맞았고 눈이 오면 눈을 맞으며 계속 굴렀다. 마침내 돌이 멈추자 하얀 손가락들이 돌들을 주웠다. 돌들은 서로의 몸을 맞대며 하나로 쌓이기 시작했다. 점차 거대한 반원형의 건물이 되었다. 하얀 손가락들이 건물을 감싸안은 뒤 점차 점토처럼 변하더니 나선형 계단의 디딤판을 이루었다.

나는 내 팔을 잡고 있던 강희의 손가락을 쳐냈다. 손가락이 닿아 있던 피부가 시려왔다. 강희가 옆으로 한 걸음 물러서자 나선형 계단이 정면으로 보였다. 난간도 없이 위로 솟은 계단의 디딤판들이 나선을 그리며 이어지다가 타원형 창문 바로 앞에서 끊겨 있었다. 계단은 딱 한 칸이 모자랐다. 강희가 내게 손바닥을 내밀었다. 하얀 손바닥 위로 손금이 금처럼 갈라졌다. 나는 뒤로 한 걸음 물러섰다. 강희의 하얀 입술이 소리 없이 움직였다.

넌 여기 오래 있으면 안 돼.

강희의 입술이 다시 움직였다.

이곳에 왜 왔어?

나는 점퍼 주머니에서 강희의 도자기를 조심스레 꺼냈다. 한쪽 손바닥 위에 도자기를 거꾸로 세워 강희에게 내밀자 손바닥 위에서 빛처럼 솟았다. 강희의 이목구비가 잠시 흔들렸다.

이걸 깨줘.

나는 말했다. 강희의 눈동자는 여전히 뒤집힌 찻잔을 향해 있었다.

너만 할 수 있잖아.

그제야 하얀 눈동자가 내게로 옮겨왔다. 내가 원하는 끝은 이 정도였다. 강희가 내게서 앗아간 재미와 비밀과 선물이 눈앞에서 깨어지는 것. 강희가 늘 숨기려드는 실패의 유일한 목격자가 되는 것. 그리고 그것을 갖는 것.

강희가 새하얀 손을 뻗어 찻잔을 움켜쥐었다.

바닥에 내리칠 필요도 없었다. 찻잔은 강희의 손안에서 모래처럼 부스러졌다. 내가 두 손을 그릇처럼 모아 내밀자, 강희가 가루가 된 찻잔을 돌려주었다. 나는 그것을 조심스레 주머니에 넣었다. 너무 가벼워서 아무런 느낌도 들지 않았다. 허무해서 웃음이 나왔다. 강희도 소리 없이 웃었다. 웃음이 서서히 사그라지자 강희가 계단으로 시선을 옮겼다. 이번엔 강희의 차례였다. 계단을 향해 앞서 걸어가는 강희를 따라 걸었다. 강희가 나를 돌아보았다. 나를 잡아주고 싶은 눈치였지만 강희의 손이 너무 오래 닿아 있는 건 내게 좋지 않았다. 나는 강희보다 먼저 계단을 하나 올랐다. 살짝 휘청였지만 할 수 있을 것 같았다. 그제야 강희가 다시 나를 앞서서 계단을 올랐다. 미끄러울 줄 알았던 하얀 디딤판은 생각보다 안정적으로 내 발을 지탱해주었다.

계단을 오를수록 바닥이 서서히 멀어졌다. 온통 하얀색이라 꼭 공중을 걷는 기분이었다. 강희는 종종 뒤를 돌아 내가 잘 따라오고 있는지 확인했다. 계단을 하나 남겨두고, 강희가 내게 왼손을 내밀었다. 단번에 알아본 나는 오른손을 들어 강희의 왼손과 가볍게 손뼉을 쳤다. 짝. 그제야 내가 나에게 완전히 돌아왔다.

어때?

강희가 맞잡은 손을 통해 물었다.

늘 궁금했어. 이때 넌 어떤 기분인지.

괴로워.

나도 그래.

나는 강희와 함께 마지막 계단을 올랐다. 타원형 창문에 닿으려면 계단 하나가 더 필요했다. 강희의 손이 내 손에 딱 맞는 크기로 작아졌다. 두 손이 꼭 하나처럼 포개졌다. 이내 강희의 손은 계속해서 작아지기 시작했다. 잡아도 잡아도 내 손에서 빠져나가는 손을 보며 입술을 깨물었다. 문득 나는 그간 헤어지고 싶어 했던 게 나뿐만이 아니라는 걸 깨달았다. 강희는 강희 자신을 이루는 모든 것과 헤어지고자 했다. 그 안엔 강희를 만든 사람들도 있었고 강희가 만난 사람들도 있었고 나도 있었다. 그리고 강희 자신도 있었다.

만약 내가 여기에 안 왔으면 어쩌려고 했어.

형태를 잃고 서서히 뭉개지는 강희에게 나는 물었다. 강희가 멀어져가는 목소리로 대답했다.

언젠가 꼭 올 줄 알았어.

왜?

내가 여기 영원히 있을 테니까.

나는 쪼그려 앉아 하얀 덩어리가 된 강희를 열심히 빚었다. 강희는 무엇이든 될 수 있었다. 나는 그게 늘 부러웠고 자주 미웠지만 가끔은 안쓰러웠다. 무엇이든 될 수 있는 자유로움이 강희를 계속해서 삶 바깥쪽으로 밀어냈다. 그 누구도 아닌 강희 스스로 벌인 일이었다. 쓸모를 계속해서 빗겨나가는, 벗어나려는 손짓.

나는 강희의 모서리를 둥글게 다듬었다. 손이 저려왔지만 멈추지 않았다. 내 어깨너비만큼 강희를 빚어내고 천천히 공중으로 떠올려 보냈다. 하얗게 빛나는 마지막 디딤판이 제자리를 찾았다. 나는 천천히 그 위에 발을 올렸다. 강희가 부드럽게 나를 받아주었다. 두 발을 모두 올리자 타원형의 창문이 보였다. 나는 창턱에 두 손을 대고 그 너머를 내다보았다.

새카만 밤하늘이 펼쳐졌다. 저 멀리서 하얀빛이 밤하늘을 두 갈래로 가르며 이쪽을 향해 날아오는 게 보였다. 꼭 무언가 태어나는 모양새였다. 빛은 점차 많아지더니 비처럼 쏟아졌다. 나는 창밖으로 오른손을 내밀어 빛을 맞았다. 아팠다.

에세이

조각조각

뭔가를 멋지고 완벽하게 쓰고 싶은 마음이 도리어 아무것도 쓰지 못하게 하고 있다. 내심 이 글을 쓰는 걸 가장 기대하고 있었는데도 한 글자도 못 쓰겠다. 이럴 수가. 누가 나를 시간과 정신의 방에 가두어놓은 것처럼, 빈 문서를 띄워둔 채 아무것도 쓰지 못하고 며칠을 보냈다.

그사이 창밖으로 눈이 내렸고, 안과 밖도 새하얘졌다. 이런 풍경을 보고 있으면 조금 압도당하는 기분이 든다. 내가 창밖의 눈을 구경하고 있는 게 아니라 저 수많은 눈송이가 방 안에 있는 나를 구경하고 있는 것 같다. 잘하고 싶은 마음은 왜 나를 늘 막다른 길로 내몰까? 그게 언제나 괴로웠다.

엎친 데 덮친 격으로 식탁을 치우다가 커피 드리퍼까지 깨먹었다. 자기로 되어 있어 두께도 두껍고, 크기도 적당하고, 색도 갈색이라 커피 물도 들지 않아서 좋아하던 것이었는데 아주 산산조각이 나고 말았다. 이럴 수가. 육성으로 소리를 질렀더니 방에서 자고 있던 강아지가 놀라서 달려 나왔다. 또야? 강아지는 익숙하다는 듯이 나를 한 번 쳐다보고는 다시 방으로 들어가버렸다. 쪼그려 앉아서 깨진 조각을 하나씩 줍는데, 문득 내가 지금 쓸 수 있는 건 이런 글이라는 생각이 들었다. 산산조각 난 글. 소설을 쓰는 동안 내게 있었던 일들의 조각조각. 나는 다시 책상 앞에 앉았다. 그러자 글이 써졌다.

*

요즘은 사람들의 이를 보고 있다. 그 사람이 웃거나 말하거나 뭔가를 먹거나 할 때마다 입안에 있는 이가 보인다. 나는 만나는 사람들의 앞니(두 개) 모양을 외운다. 다른 이는 모르겠지만 앞니만큼은 웬만하면 다들 가지런하다. 앞니를 제외한 송곳니나 아랫니부터 조금씩 치열과 크기가 달라지는데 그런 것들은 잘 기억나지 않고 앞니만 기억이 난다. 앞니는 왜 가지런한 걸까? 두 개의 이가 동시에 빠지는 것도 아니고 각자의 시차를 두고 빠졌을 텐데 사람들의 앞니는 보통 쌍둥이처럼 두 개가 같은 모양을 갖고 있다. 나는 그게 조금 부럽다.

내 앞니는 크기가 다르다. 오른쪽이 더 크다. 내 생각에 오른쪽 앞니가 왼쪽 앞니보다 먼저 빠졌고, 당연히 더 빨리 나기 시작했고, 왼쪽 앞니를 위해 남겨놨어야 할 공간을 오른쪽 앞니가 침범하면서 뒤늦게 새이가 나기 시작한 왼쪽 앞니는 예상했던 것보다 비좁은 자리에 자기 몸을 억지로 끼워 넣게 되었고, 그 결과로 왼쪽 앞니가 삐뚤어진 것 같다. 단순히 공간이 부족했기에 일어난 일이다. 한쪽의 양보가 없어서 일어난 일이다.

나는 혀로 내 앞니를 훑으면서 원인과 결과에 대해 생각한다. 너무나도 사소하고 단순한 이유로 일이 어디까지 틀어질 수 있는지 생각한다. 거울 앞에서 이를 들여다보면서 사람의 콤플렉스라는 게 이런 식으로,

이렇게 우연과 필연이 알 수 없는 방식으로 엮이면서 발생하는구나, 속으로 한숨을 쉬면서 억울함과 체념을 느낀다.

그렇게 가만 생각하다가 냅다 비약해서

그럼 모든 일은 결국 정해져 있는 걸까?

생각해보는데 나는 이 생각이 싫다. 사실 모든 게 정해져 있고 내가 그 길을 쭉 걸어갈 뿐이라는 게 싫다. 내 앞니는 원래 삐뚤어질 운명이었고, 아니 그 전에 내 앞니의 크기는 이미 정해져 있었고, 그들을 위해 준비된 자리 역시 이미 정해져 있었고, 내가 태어났을 때부터 내 왼쪽 앞니는 오른쪽 앞니로부터 자리를 침범당해 삐뚤어질 운명이었던 거라고 생각하면 뭔가가 뒤집어지는 느낌이 든다. 이런 식으로 뭔가를 받아들이고 싶지 않다. 나는 생각을 그만둔다.

*

강아지가 생겼다. 이미 내 주변에 강아지 이야기를 하도 전해서 다들 우리 집 강아지를 알고 있었고 핸드폰 잠금화면도 강아지 사진으로 바꿔두었기 때문

에 우연히 그것을 본 사람들이

"어, 얘가 걔예요?"

라고 물으면 조금은 머쓱하고 꽤 많이 자랑스러워하며 "예, 맞아요, 걔예요"라고 말하는 일이 늘었고 그건 생각보다 행복한 일이어서 나는 또 강아지 이야기를 몇 가지 더 하고 사람들은 애써 들어주었다.

내가 강아지 이야기를 할 땐 늘 순서가 정해져 있는데, 1. 강아지가 우리 집에 오게 된 경위 2. 생김새와 나이 3. 강아지의 눈이 너무 커서 눈이 도르륵(이 말이 중요하다 도르륵) 빠질까 봐 걱정된다 4. 강아지는 나와 쌍둥이를 구분하지 못하는 것 같다는 푸념을 섞은 자랑이 그렇다.

이렇게 네 가지 이야기를 하고 나면 사람들은 내게 더 이상 강아지에 대해 묻지 않는데, 그때쯤 나는 강아지 사진까지 보여줄 준비를 모두 마쳤지만 '그래, 사람들은 역시 내 생각보다 타인에게 관심이 없어'라고 생각하면서 핸드폰을 내려둔다. 하지만 친구들에게는 하루에도 몇 장씩 강아지 사진을 보낸다.

강아지가 우리 집에 오고 나서 생각보다 많은 일이 있었는데 정말 화가 나는 일이 있더라도

"집에 강아지가 있다"

라고 생각하면 뭔가가 해소됐다. 정말로 저 문장 그대로 마음속으로 몇 번 읊고 나면 아무리 개같은 일이 있더라도 개 같은 힘으로 이겨낼 수 있었고 나는 그게 너무 신기해서 집으로 돌아오는 버스 안에서 같은 말을 계속 읊었다. 집에 강아지가 있다. 그저 그 말뿐인데, 그 말뿐인 말이 마음속에서 실체를 갖고 무럭무럭 자라나 내게 일어난 안 좋은 일을 순식간에 눌러버리고 거대한 행복이 되어 나를 가득 채운다. 어떻게 이런 일이 가능할 수 있지? 나는 반쯤 의아하고 반쯤 행복해하면서 가족에게 강아지가 뭘 하고 있는지 물었고 강아지가 자거나 놀거나 하면서 나를 기다리고 있다는 답장을 받으면 집에 강아지가 있다는 말을 아주 실제적인 사실로 감각하게 된다.

*

뭔가를 쓰기 위해서 불행해져야 한다는 건 너무하다. 하지만 아무리 생각해도 글쓰기에 어느 정도의 불행은 필요한 것 같다. 나는 글 쓸 때 뭔가가 해소되는 걸 느낀다. 예를 들면…… 창문 하나 없는 방에 전기톱으로 창문을 뚫는 일과 비슷하다. 그 창문의 모양은 나만 정할 수 있고, 창밖으로 보이는 풍경도 아직은 나만 볼 수 있고 바람도 햇살도 비도 눈도 전부 나만 맞을 수 있다. 나만 누릴 수 있는 완벽한 풍경. 그게 있으면 현실의 내가 어떤 일을 당하든, 괴롭고 슬프고 화나고 무시당해도 버틸 수 있다. 집에 가면 내 소설이 있어. 오로지 나만 쓰고 읽을 수 있는 소설이 있어. 다른 사람에게 보여주기 전까지 나는 그 기분을 충분히 누린다. '충만하다'는 말을 나는 온몸으로 이해한다. 다른 사람이 소설을 읽으면 이제 모든 게 달라진다. 그건 다른 얘기다.

*

작년부터 "늦어서 죄송합니다"라고 말하는 횟수가 늘었다. 재작년까지만 해도 나는 그 말을 해본 적이 없었고, 늘 듣는 입장이었으므로 그 말을 하는 사람의 입장이나 감정에 대해 전혀 몰랐다. 더 정확히 말하면 알고 싶지 않았다. 나는 늦는 사람이 싫었고 왜냐하면 늦는 사람이 있다는 건 기다리는 사람을 전제하는 일이고 나는 늘 원치도 않은 기다리는 사람이라는 역할을 맡아야만 했으니까. 기다리는 사람이 할 수 있는 일이라곤 정말로 기다리는 일밖에 없다. 상대가 없으니 대사를 칠 수도 없고, 상대가 언제 올지 모르니 퇴장할 수도 없다. 기다리는 사람에게 주어지는 행동 지문은 주로 역 출구 앞에 서서 에스컬레이터나 계단(그나마 계단을 뛰어오기라도 하면 조금이나마 용서가 된다)을 올라오는 사람을 기대에 차 쳐다보는 게 전부다. 기대했다가 실망하고 기대했다가 분노하고 기대했다가 그마저도 그만두면서 기다린다.

그러다 늦은 사람이 도착하면 늦은 이유를 묻고, 타당한 이유인지 헤아려보다가 그래, 그럴 수 있지 하고 사과를 받아주면 기다리는 사람의 역할은 끝난다. 물론 늦은 사람과 싸울 때도 있지만, 그 자리에서 오래 싸우지는 않는다. 다른 자리에서 나는 혼자 오래 싸우고 관계를 정리한다. 늦은 사람은 그때도 늦어서 늘 장면 밖에 있기에 도통 무슨 일이 일어난 건지 알지 못한 채 나와 이별한다.

이런 이별 방식이 나와 상대에게 모두 좋지 않다는 걸 요즘 깨닫고 있는데, 어떻게 해야 잘 헤어질 수 있는지 그 방법을 모르겠다. 그런데 누군가와 헤어지는 일이 양쪽에 모두 좋을 수는 없지 않나? 양쪽에 좋을 수 있다면 애초에 헤어지는 일이 없었을 텐데. 서로에게 적당히 품을 들였을 때만 그럭저럭 잘 헤어질 수 있는 것 같다. 잠깐이라도 온 마음으로 대했던 사람과는 어떻게 헤어져도 아프다. 언제나 서툴고 부족하고 창피하다.

    마지막으로 했어야 했던 가장 좋은 말은 늘 뒤늦게 떠올라서 나를 두 배로 괴롭게 한다. 잠들기 전에 나는 혼자 상상 속에서 그 말을 되풀이해본다. 상대방이 내 말을 끝까지 들어주는 경우도 있고, 끝까지 듣지도 않고 자리를 박차고 나가버리는 경우도 있지만 나는 혼자 남아서도 계속 완벽한 헤어짐을 찾기 위해 준비해온 말을 중얼댄다. 그러다 보면 결국 너무 늦었다는 결론에 다다른다.

    늦는 일이 얼마나 끔찍한 일인지 다시금 깨닫는다. 그건 어떤 의미에선 패배고, 내가 할 수 있는 일이라곤 그걸 인정하고 자책하고 사과하는 일밖에 없다. 왜 나한테 몸 같은 게 있어서 시간과 공간에 늦는 일이 생겼을까. 영혼뿐이었다면 절대 늦지 않을 텐데. 영혼뿐이었다면 나는 이미 그곳에 가서 그곳 자체가 되어버렸을 텐데.

말도 안 되는 수많은 변명을 마음속으로 끝도 없이 늘어놓고서 정작 입 밖으로는 한마디도 못 한다. 늦은 사람은 늘 닫힌 문을 열고 들어와야 한다. 그게 늦은 사람에게 주어지는 첫 번째 행동 지문이다. 사람들이 쳐다보는 가운데 닫힌 문을 열기. 패배를 인정하며 안으로 들어가기. 환대를 바라지 않기. 자리 없음에 수긍하기. 사과를 곁들인 변명하기.

그리고 기나긴 침묵 속에서

시간과 공간에 대해 생각하기.

홀로 남겨지기.

*

"우와"

라는 말은 만국 공통어라는 생각이 든다. 일본에서도 "우와"라고 하고 중국에서도 "우와"라고 하고 미국에서도 "(우)와우"라고 하니까 어쩌면 우와는 지구인의 DNA에 공통적으로 함유되어 있는 언어일지도 모른다. 태초에 빛이 있기 전에 우와가 있었을지도 모른다. 날 좋을 땐 '빛이 있고 우와가 있었겠구나' 싶고 날이 흐릴 땐 '우와가 있고 빛이 있었겠다' 하는 생각을 한다. 어느 쪽이든 우와는 인간에게 태초부터 지니고 있는 언어이자 감정이다. 감정이 언어로 백 퍼센트 발화된 결과이자, 발화되고 있는 과정이고, 어쩌면 아주 가끔은 감정보다 앞선 언어다.

바로 그 어쩌면 아주 가끔인 경우가 내게도 있었다.

중학생 때 나는 초등학교 6학년생 두 명과 함께 스케이트를 배웠는데 여자애의 이름은 J, 남자애의 이름은 K였다. J는 얼굴이 까무잡잡하고 짧은 단발머리에 갈색 뿔테 안경을 썼고 웃을 때조차 얼굴이 잘 일그러지지 않는 단단한 호두 같은 애였고, K는 하얀 얼굴에 점이 많고 눈이 맑고 웃을 때는 얼굴의 모든 근육이 한곳으로 수렴하여 잔뜩 일그러진 하얀 점토 같은 애였다.

그 둘은 친했다. 둘 다 남자애 같기도, 여자애 같기도 했다. J는 근육이 잘 붙는 체질이라 몸에 붙은 모든 근육을 사용하여 스케이트 날을 힘 있게 밀어내는 방식으로 스케이팅을 했다면, K는 반대로 근육이 전혀 붙지 않는 체질이라 툭 치면 넘어갈 것 같은 종이 인형

같은 몸으로 세상 힘없이 스케이팅을 했으나 둘의 속도는 똑같았다. 나는 그게 가끔 신기했고 자주 불공평하다고 생각했다. 나는 J보다 스케이트를 오래 탔고 K보다 근육이 많은데도 그 둘을 따라갈 수 없었다. 셋이 나란히 빙상장을 돌면 나는 늘 뒤에 남겨져 그 둘을 죽을힘을 다해 쫓아가다가 전반 훈련이 끝나곤 했다. 빙상장이 그 둘을 향해 기울어 있는 것 같았다. 나는 그게 둘이 동갑이기 때문에, 둘이 친구이기 때문이라고 종종 생각했으나 나중엔 그런 생각들조차 그만두었다. 그 둘이 동갑이 아니고 친구가 아니었더라도 빙상장은 그 둘을 향해 기울었을 것이다.

한번은 중고등부 선수반과 함께 스케이트를 타게 됐고, 스무 명에 가까운 선수들이 다 함께 일렬로 빙상장을 돌았다. 아주 멀리서 보면 나선은하처럼 보일지도 모르겠다고 나는 생각했다. 어쩌면 아주 거대한 물고기처럼 보일지도. 그리고 나는 맨 끝에서 물고기의 꼬리라도 되겠다는 심정으로 선수들을 뒤쫓아 달렸으나 점차 뒤처지기 시작했다. 내 앞에 있던 J와 K는 꼬리에서 시작해 조금씩 앞으로, 등허리에서 배가 되기 위해 앞으로 앞으로 달렸고 나는 속으로

"우와"

라고 말했다. 아주 오래전부터 알고는 있었지만 한 번도 소리 내어 말해본 적 없는 감정이 불쑥 튀어나왔다. 이제는 돌이킬 수 없다는 생각이 들었다. 나는 물고기에서도, 나선은하에서도 떨어져 나와 아주 작은 점이 되어 계속해서 모두와 멀어졌다.

그때는 우와가 무섭고 싫었지만 십 년이 넘게 지나니 이제 우와가 꽤 괜찮아졌다. 시간에게는 그런 힘이 있다고 생각하면서 책상 앞에 앉아서

"우와"

라고 말해보면 이런 나를 아주 멀리서 쫓아오고 있는 십 년 전의

"우와"

가 있다.

*

소설을 쓰는 동안 해가 바뀌었다. 조각조각을 모아놓고 보니 소설과 전혀 상관없다고 생각했던 일도 소설 안에 많이 담겨 있다. 물론 아예 다른 모습으로 남

아서 그 원본은 나만 알아볼 수 있지만.

연말에는 정말 많은 일이 있었고 가라앉은 마음으로 새해를 맞았다. 내가 예상하지 못한 방향으로 삶이 흘러갈 때마다 나는 위를 쳐다본다. 내 시선이 천장을 뚫고 지붕을 뚫고 하늘을 뚫고 우주를 뚫고 아주 거대한 눈동자와 마주친다. 그렇다고 뭐 달라지는 건 없다. 괴로움이 덜어진다거나 끙끙 앓고 있던 일이 해결된다거나 하는 일도 없다. 다만 그곳에 누군가 있다고, 내가 옮기는 발걸음마다 함께하는 누군가, 내가 조금이라도 더 밝은 쪽으로 가기를 바라는 누군가 있다고 상상하면 마음이 조금은 나아진다.

내가 만든 인물들도 자주 그럴 거라고 나는 (내 마음대로) 상상한다. 계속해야 해? 물으면서 그들이 위를 쳐다볼 때 나는 자주 그 눈을 피하고 싶지만 피하지 않고 대답한다. 그래도 해야 해. 그럼 인물들은 다시 툭툭 털고 제 갈 길을 간다. 수풀을 헤치고 벼랑을 오르고 시간과 공간을 거슬러 계속 간다. 그게 고맙다. 그리고 그 여정에 함께해준 모든 분께도 감사하다. 사는 동안 당신이 해결할 수 없는 일이 당신을 너무 오랫동안 괴롭히지 않기를. 진심으로 바랍니다.

해설

뒤집기, 부수기, 선 넘기

— 소유정(문학평론가)

내가 아닌 나

성수나의 『찻잔 뒤집기』는 쓸모로부터 벗어나고 싶은 사람과 자신의 쓸모를 찾고 싶은 사람의 이야기다. 이 두 사람은 정반대를 향하고 있는 것처럼 보이지만, "무한한 가능성"(10쪽)을 지향한다는 점에서는 다르지 않다. 그러면 이렇게 말해볼까. 강희와 해진은 "스스로에게서 벗어나 다른 사람이"(같은 쪽) 되고 싶어 한다. 그들이 되고 싶었던 '다른 사람'의 모습은 사실 서로에 가깝다. 이는 두 사람의 첫 만남에서부터 드러난다.

해진은 미술 학원에 있는 모두가 그러했듯 강희의 완벽한 원을 똑같이 따라 그리는 대신, 엉망이더라도 자신이 원하는 대로 원을 만든다. 소묘를 할 때 요구되는 조건들, 빛과 그림자의 위치나 표현, 입체감 등을 따르지 않는 해진의 그림을 보고 강희는 "여기서 네 그림만 진짜"(16쪽)라며 해진만의 방식을 인정한다. 강희가 그렇게 말할 때 해진 역시 이전에는 알 수 없었던 "빛의 방향"(같은 쪽)이 어디인지 또렷이 감각하는 생경한 경험을 한다.

    강희로부터 처음으로 '재미'와 '진짜'라는 가치를 인정받은 해진은 "이런 것을 더 갖고 싶다는 충동"과 함께 "강희가 보는 세상"(17쪽)을 동경하지만, 막상 그 안에 속하게 되자 헤어날 수 없는 절망에 빠진다. 해진으로서는 강희가 말하는 재미가 무엇인지 도무지 이해할 수 없었고, 그 재미를 정작 자신은 한 번도 느끼지 못한 탓이다. 재미만이 아니라 "선물" 또는 "비밀"과 같이 강희가 즐겁다는 듯 사용하는 단어들은 언제나 해진의 삶 안에 존재하지 않는 낯선 것들이었다. 이런 생각은 해진으로 하여금 자신의 몫을 강희에게 빼앗겼다는 느낌마저 들게 만든다. 그럼에도 그가 강희의 곁을 떠날 수 없었던 건 오직 강희에게만 해진의 쓸모가 유효했기 때문이다. 공방에서 미미한 존재감으로나마 손을 보태고, 건조된 도자기를 가마 공방까지 운반하는 등 강희를 돕는 것이 해진에게는 스스로의 쓸모를 증명하는 일이었다.

해진과 심적으로 닮은 건 강희가 만드는 '쓸모없는' 도자기다. 이는 강희의 의도대로 "재미있는 도자기"(36쪽)여서가 아니라, 말 그대로 어떠한 쓸모도 없다는 점에서 그렇다. 때문에 해진은 강희가 만드는 도자기에서 아무런 재미를 느끼지 못한다. 그에게 강희의 도자기는 "삶이라는 테두리 바깥을 궁금해하는 자신들이 꽤 엉뚱하다고 웃으면서, 매여 있지 않은 삶을 산다고 자부하면서, 재미는 자고로 그런 데서 오는 거라고 자만"(38쪽)하는 공방 수강생들의 태도와 다르지 않은 생각에서 만들어지는 것이었으므로. 해진은 어떠한 이해에도 닿을 수 없었다.

강희가 사라지기 전 마지막으로 남긴 작은 도자기 또한 쓸모를 말하기는 어려운 물건이다. 그것은 얼핏 찻잔처럼 보이나 구멍이 뚫려 있기에 본래의 용도로는 사용할 수 없다. 하지만 뒤집어 보았을 때 찻잔은 창문과 문이 있는 하나의 집이 되어 다른 의미를 갖는다. 뒤집힌 찻잔은 강희가 종서에게 받은 서늘한 뼈들의 무덤인 동시에 강희의 위치를 가리키는 좌표가 된다. 이제 해진에게는 두 개의 선택지가 생겼다. 종서의 요청에 따라 강희를 찾을 것인가 아니면 이대로의 삶을 살 것인가.

『찻잔 뒤집기』는 이십 년 전 강희의 실종 당시를 각각 해진과 강희의 시점에서 보여주는 두 편의 소설과 이십 년이 지나 재회한 두 사람을 해진의 시점에서 그리는 한 편의 소설로 이루어져 있다. 마지막 수록작 「찻잔 뒤집기」에서 강희가 남긴 찻잔은 아주 오랜만에 다시 해진의 손에 들어와 나침반 역할을 한다. 과거 강희의 실종이 '그것'이라 불리는 "미지의 생명체"(67쪽)의 죽음 혹은 장례와 관련 있다는 사실을 종서로부터 전해 들었으나, 해진은 강희를 찾는 여정에 적극적으로 가담하지 않는다. 어쩌면 강희의 부재는 해진으로 하여금 빼앗긴 단어를 되찾을 수 있는 기회가 될지도 모를 일이었다. 만일 그렇다면 강희가 아니더라도 자신의 쓸모를 증명할 수 있는 다른 '나'를 발견하거나, 자신을 필요로 하는 또 다른 이를 만날 수도 있었다. 소설은 강희가 부재하는 이십 년 동안 해진에게 어떤 일이 있었는지, 현재 무슨 일을 하는지 등 그간의 시간을 전부 서술하지 않는다. 해진의 손에 돌아온 찻잔으로 말미암아 우리가 짐작할 수 있는 건 강희가 부재한다고 하여 이 관계가 끝나는 것은 아니며, 어떤 방식으로든 매듭을 지어야 한다는 사실일 뿐이다. 언젠가의 생각처럼 "서로를 완전히 무너뜨리는 방식으로 만들어지는 관계"가 있다면 "그게 서로에게서 영영 헤어지는 일이 될지라도" "그렇게 해야만 다다를 수 있는 곳도 있지 않을까"(19쪽) 하는 것이다. 이는 일종의 찻잔 부수기다. 일반적인 충격으로는 잘 깨지지 않는 도자기가 다른 도자기와 부딪혔을 때 허무하게도 산산조각 나는 것처럼, 해진에게만 내미는 왼손에 손뼉을 치면 "내가 나에게 완전히 돌아"(119쪽)오는 것처럼. 이에 해진은 강희가 오랫동안 기다리고 있을 그곳을 향해 간다.

같은 굴레

앞서 설명한 것처럼 강희는 그것의 안내에 따

라 뒤집힌 찻잔과 닮은 장소를 향해 간다. 그것들의 요청대로 죽음을 돕기 위해서다. 도움을 주는 대신 강희가 약속받은 대가는 바로 영생이다. 유한한 생을 사는 인간으로서는 거부하기 어려운 보상인 듯하나, 정작 강희에게는 중요하지 않았다. "강희가 그것을 돕기로 한 이유는 딱 하나" "두 손으로 그것의 죽음을 만져보고 싶었"(71쪽)기 때문이다. 그가 처음 도자기에 매료되었던 건 도자기가 영원히 살 수 있다는 이유에서였다. 아주 뜨거운 온도에서 두 번을 모두 견딘 도자기는 영원히 살 수 있다는 미술 선생님의 말은 강희에게 큰 울림을 주었다. 그러기에 어떤 쓸모를 갖지 않고도 그 자체로 영원할 수 있는 도자기를 만들고 싶었던 것이다. 그런데 "나한테는 둘 다 똑같"(74쪽)다는 강희의 말처럼 그에게 죽음과 영생이 같은 의미라면, 죽음을 만지는 행위는 재미있는 도자기를 만드는 것과 다르지 않아 보인다. 영원히 살 수 있는 도자기를 만들 듯, 그것을 죽음의 자리로 안내하는 강희의 손안에서 죽음과 영생은 하나로 묶인다. 영생을 살 수 있지만 죽기 위해 지구에 온 그것들의 아리송한 선택이 이해되는 지점 역시 이 부분에서다.

죽음과 영생을 동일한 의미로 여기는 건 종서 역시 마찬가지다. 그것들은 강희 이전에 죽음 조력자 역할을 했던 종서에게도 같은 대가를 약속했을 것이다. 그러나 "가까운 시기에 사랑하는 사람을 준비도 없이 잃"(63쪽)고 "껍데기만 남아 있는 사람처럼"(64쪽) 겨우 숨을 쉬던 종서가 영생을 위해 그것의 요청을 받아들였다고 보기는 어렵다. 사실 종서에게는 그 대가가 무엇이든 중요하지 않았을 테다. 그의 슬픔은 "근래 일어났던 사고와 참사"(같은 쪽)와 무관하지 않다. 끝나지 않는 슬픔 속에 잠겨 있던 때에 그것들의 제안은 종서에게 반드시 필요한 것이기도 했다. 아무것도 하지 못하고 곁에 있는 이를 보내야 했던 무력한 상태에서 벗어나 잘 준비된 죽음으로 그것을 인도하고 싶다는 마음이었을 것이다. 크나큰 상실을 겪은 종서에게는 그 준비라는 것조차 버거웠을 테지만. 끝내 제 역할을 다하지 못하고 자격을 박탈당한 종서는 이십 년이 흐른 뒤 자신의 죽음으로 소식을 전한다. 그때까지 간직하고 있던 찻잔을 해진에게 넘겨주고, 삶이 끝날 때까지 하지 못한 것을 해진의 손으로 마무리해주길 바라며.

선 너머로

네 그림, 재밌다.

강희가 작은 목소리로 말했다. 나는 기지개를 켜던 자세 그대로 어정쩡하게 굳은 채 아무 말도 하지 못했다. 강희가 손을 쭉 뻗어 종이 위 원의 테두리를 손끝으로 더듬었다. 마치 내 그림을 따라 그리듯이. 종이에서 손가락을 뗀 강희의 검지는 흑연 가루가 묻어 새카맸다. 강희는 검지를 들여다보며 말했다.

여기서 네 그림만 진짜야.

왜?

내가 묻자 강희가 고개를 들었다.

너만 그릴 수 있는 그림이니까. (16쪽)

『찻잔 뒤집기』에는 분명한 선이 존재한다. 눈에 보이는 선은 강희와 해진의 첫 만남에도 있다. 이 장면에서 강희는 칭찬의 말과 함께 손으로 해진의 그림을, 정확히는 원의 테두리를 따라 그린다. 강희의 손끝으로 옮겨간 해진의 그림은 강희가 뒤집힌 찻잔을 닮은 그곳에 다다랐을 때도 언급된다. "이 그림을 영원히 남길 수 있다는 사실은 조금 좋았다"(74쪽)는 유언과도 같은 말을 하며 강희는 죽음과도 같은 영생을 선택한다. 처음 만난 날부터 다른 무언가가 되기 직전 마지막 순간까지 강희는 해진의 선을 떠올릴 수밖에 없었다. 자신의 손끝에 옮겨오는 것으로 그 견고한 선이 조금은 흐릿해지기를 바랐으나 여러 번의 초대에도 해진은 결코 그 선을 넘어오지 않았기 때문이다. 이는 강희가 그린 미완성 벽화 앞으로 해진을 부르는 장면에서 좀 더 명징히 드러난다.

    양들이 향하는 곳에 햇빛이 십자가 모양으로 쏟아졌다. 나는 양들을 거슬러 담벼락 끝으로 걸었다. 양들은 그저 태양을 향해 걸을 뿐 하나같이 표정이 없었다. 이상한 점은 양을 모는 사람이 없다는 것이었다. 나는 별 감흥 없이 걷다가 무리 끝 쪽에 있는 양 두 마리 앞에 멈춰 섰다. 몸집도 작고, 다른 양들에게 가려져 있어 잘 보이지 않았지만 나는 단번에 알아보았다. 두 마리의 양은 반대쪽으로 걷고 있었다. 햇빛이 아닌, 그들이 떠나온 쪽으로. 두 마리의 양은 괴로운 표정을 하고 있었다. 그림 속에서 오직 두 마리의 양만 진짜 강희의 그림 같았다. 마치 오래전에 그린 것처럼 흐릿한 색감과 심술이라도 부리듯 의도를 빗겨나간 그림. 강희의 재미는 그런 데서 나왔다. 두 마리의 양이 향하는 곳은 빈 벽에 금이 가 있을 뿐, 아무것도 없었다. (104~105쪽)

강희는 두 마리의 양이 향하는 빈 벽에 해진과 함께 '우리'의 그림을 그리고 싶어 하지만, 해진은 부러 모르는 척을 하며 "네 그림"(105쪽)이라고 선을 긋는다. 이는 인용문에 이어지는 이전 장면에서 해진이 강희에게 화가 났기 때문만은 아닐 것이다. 이미 화가 풀렸음에도 해진은 요구에 응하지 않는다. 두 마리의 양을 너와 나로 삼아 '우리'의 미래를 그릴 수 있는지 가늠해보면 해진이 생각하는 강희는 결코 미덥지 않았던 탓이다. "이미 부모가 가진 것을" 누리며 만들어진 "지금의 강희"에게는 "그들과 연을 끊고 남처럼 살 용기"(108쪽) 같은 건 없다는 판단에서였다. 그건 다른 무언가가 되고 싶다는 강희의 결심에 있어서도, '우리'라는 이름으로 반대를 향하며 선을 넘어야 하는 모든 일에 있어서도 동일했다.

강희와 해진 앞에 놓인 선은 종서의 경우 비가시적으로 드러난다. 누나의 부고와 함께 종서가 남긴 찻잔을 전달하기 위해 만난 남동생 종우는 해진에게 "누나와 어떤 관계"(85쪽)였는지, 만나서 무얼 했는지 물으며 평생에 걸쳐 "추측"했으나 이해하고자 하지는 않았던 어떤 진실을 확인하고자 한다. 종우의 절박한 다그침은 그의 아내인 현림의 입을 통해 그들이 결코 이해의 영역에 다다를 수 없다는 사실을 주지시킨다. "종서 언니한테서 정신병적 징후가 보였나요."(92쪽) 가족이라는 공동체 안에서도 용인되지 못하는 종서의 '무언가'는 그의 죽음 후에도 오랜 두려움과 공포로 남아 있을 뿐 보이지 않는 선은 여전히 그 자리에 있다.

  소설의 말미에서 이십 년 만에 강희를 만나러 가는 해진은 무리에서 빠져나온 한 마리의 양과 같다. 영목이 있는 집으로 다시 돌아갈 수 없을지도 모른다는 걸 직감하면서도 걸음을 멈출 수는 없다. 양은 지금까지 걸었던 길의 반대 방향을 향해 간다. 이십 년 전으로, 과거와 미래 역시 무한히 발산하는 시간을 향해 있다는 점에서 다르지 않다면, 해진은 그때 그리지 않았던 강희와의 미래를 향해 간다. 다시 만난 강희에게 해진은 찻잔을 내밀고, 오직 그만이 할 수 있는 '진짜'를 요구한다. 그리고 마침내 "강희가 늘 숨기려드는 실패의 유일

한 목격자"(118쪽)라는 자격을 얻는다. 해진은 이제 자신만이 보여줄 수 있는 '진짜'를 빚는다. 꼭대기 창문에 닿기 위한 마지막 계단은 강희의 일부를 재료 삼아 해진의 방식으로 빚어진다. 그렇게 강희 혼자서는 넘을 수 없던 어떤 선 너머에서 두 사람은 끝내 함께한다. 이 끝을 죽음 또는 영생이라 말하고 싶지는 않다. 둘의 관계를 사랑 혹은 우정으로 규정하고 싶지 않은 것처럼. 중요한 사실은 그들이 같은 곳을 바라보며 함께 있기를 선택했다는 것뿐이다.

트리플 32

찻잔 뒤집기
© 성수나, 2025

초판 1쇄 인쇄일 2025년 7월 3일
초판 1쇄 발행일 2025년 7월 24일

지은이·성수나

펴낸이·정은영
편집·박서령 김수진 장혜리
디자인·이선희
마케팅·최금순 이언영 연병선
　　　송의정 김정윤
저작권·신은혜
제작·홍동근
펴낸곳·(주)자음과모음
출판등록·2001년 11월 28일
　　　제2001-000259호
주소·경기도 파주시 회동길 325-20
전화·편집부 02) 324-2347
　　경영지원부 02) 325-6047
팩스·편집부 02) 324-2348
　　경영지원부 02) 2648-1311
이메일·munhak@jamobook.com

잘못된 책은 교환해드립니다.
저자와의 협의하에 인지는 붙이지 않습니다.

ISBN 978-89-544-5353-0 (04810)
　　　978-89-544-4632-7 (세트)